규장각, 세 번째 이야기

규장각, 세 번째 이야기

초판 1쇄 발행 2023년 12월 20일

지은이 신지유, 이예린, 김보민, 최사랑, 전성재, 박신비, 김가빈
엮은이 주가람
펴낸이 장길수
펴낸곳 지식과감성ᵖ
출판등록 제2012-000081호

교정 김서아
디자인 오정은
편집 오정은
검수 김지원, 이현
마케팅 김윤길, 정은혜

주소 서울시 금천구 벚꽃로298 대륭포스트타워6차 1212호
전화 070-4651-3730~4
팩스 070-4325-7006
이메일 ksbookup@naver.com
홈페이지 www.knsbookup.com

ISBN 979-11-392-1584-7(03810)
값 10,000원

- 이 책의 판권은 지은이에게 있습니다.
- 이 책 내용의 전부 또는 일부를 재사용하려면 반드시 지은이의 서면 동의를 받아야 합니다.
- 잘못된 책은 구입하신 곳에서 바꾸어 드립니다.

지식과감성ᵖ
홈페이지 바로가기

규장각, 세 번째 이야기

신지유 이예린 김보민 최사랑 전성재 박신비 김가빈

―관인고등학교 문예동아리 규장각―

지식과감성#

목차

주가람 - 글을 시작하며 ······· 6

신지유 - 겨울을 기다리며 ···· 11
　　　　사계절의 미소 ····· 12
이예린 - 풍경 ·············· 14
　　　　사랑 ············· 15
　　　　心海(심해) ········ 16
　　　　편지 ············· 17
김보민 - 나 정도 가지고 ····· 19
최사랑 - 온새미로 ·········· 23
전성재 - 아빠 ············· 33
박신비 - 소망 ············· 49
김가빈 - 그날 ············· 63

작가의 말 ················ 112

글을 시작하며

  2023년 12월, 관인고등학교 문예동아리 규장각이 벌써 세 번째 책을 출간하는 순간을 맞았네요. 어쩌면 책을 출간하는 시점이 매해를 마무리하는 시간과도 같이 맞물려 있다는 게 지난 계절, 사람, 학생, 책과 영화를 스르륵 훑어보게 만드는 것 같습니다.

  올해의 규장각은 회장인 김보민 학생의 뜨거운 열정이 심지가 되어 서로가 따뜻한 난로가 될 수 있었던 것 같습니다. 그래서 우리의 동아리 회장 '김보민'과 동아리 부회장 '박신비'에게 감사를 보냅니다. 또한 디자인과 기획과 수많은 회의를 함께한 우리들의 부원 '김가빈, 박신비, 최사랑, 신지유, 전성재'에게도 뜨거운 감사를 보냅니다.

문득 최근엔 그런 생각이 들었습니다. 우리가 책을 왜 낼까. 우리는 글을 왜 쓸까. 왜 그래야만 할까, 하는 생각이요. 19세기 후반 화려했던 전성기를 보낸 '오스카 와일드' 역시 차가운 비석 속에 잠들어 있을 테고요. 파주 열화당 견학에서 보았던 6~700여 년 전의 책의 작가 역시 어딘가에 조용히 묻혀 있을 거라는 당연한 생각을 하면서, 우리가 관인고등학교를 모두 떠나는 그날에도 《규장각, 세 번째 이야기》가 우리의 지금을 영원히 기억해 줄 것이라는 남모를 안도감을 위해서 우리는 책을 쓰는 것이 아닐까, 하는 결론을 맺었습니다.

제게 2023년은 30세를 맞는 한 해였습니다. 마음속에 꾹꾹 담아 놓은 이 구절을 새삼스레 되뇌어 봅니다.

"30세에 접어들었다고 해서 어느 누구도 그를 보고 더 이상 젊지 않다고 말하지는 않으리라. 하지만 그 자신은 일신상에 아무런 변화를 찾아낼 수 없다 하더라도, 무엇인가 불안정하다고 느낀다. 스스로를 젊다고 내세우는 게 어색해진다."

잉게보르크 바흐만이라는 한 오스트리아 시인의 에세이 《삼십세》 중 한 부분입니다. 그의 말처럼 무엇인가 불안정하다고 느끼며, 스스로를 젊다고 내세우는 게 어색해지는 나이를 지나며 '나'를 이해하고 사랑했던, 이제야 타인을 감싸안아 줄 줄 아는 사람으로 성장해, 삶을 힘껏 사랑한 나이였다고 기억해 보겠습니다. 제 기억 속 또 중요한 한 페이지가 되어 준 규장각 친구들에게 진심으로 감사드립니다. 사랑해요.

-책임편집 주가람

신지유

겨울을 기다리며

눈으로 하얗게 뒤덮인 거리

한참이나 기다려야 오는
겨울의 세계

매일을 기다려도
오지 않는 너를 기다리는
이 애타는 마음을 알기는 할까
춥고 맑은 공기며
매일 아침 짖어 대는 앞집 개도
쿵쿵거리는 윗집 아이들도
예뻐 보이는 마법

드디어 겨울의 요정이 찾아온 걸까

사계절의 미소

사계절의 미소와 함께

봄은 희망찬 용기로 해를 보며
생명으로 가득 차 파릇해지기를

여름은 태양이 가장 빛나는 계절
햇빛이 우리를 비추어 세상이 빛나기를

가을은 온 세상이 단풍으로 물들여지고
붉게 물든 바람 추억이 되기를

눈으로 덮인 세상
나무가 옷을 벗고, 바람이 부드럽게 속삭이네
따뜻한 이야기로 만들어지기를

사계절의 미소와 함께

이예린

풍경

내가 사랑하는 풍경들

봄에 벚꽃이 만개한 산책로
여름에 시원한 바람이 부는 바다
가을에 오색찬란한 단풍이 물든 산
겨울에 눈이 펑펑 내리는 하늘

풍경을 떠올리다 보니
사계절 내내 내 옆에는 네가 있더라.

아마 내가 가장 사랑하는 풍경은
너였을지도 모른다.

사랑

사랑하지 않은 날이 없었다.
눈이 오는 날에도
비가 오는 날에도
우울하고 슬픈 날에도
기쁘고 즐거운 날에도

늘 사랑했다.

心海(심해)

오늘도 빛나는 너를 보며 생각한다.

여태 만난 사람 중
내가 가장 적은 사랑을 주었길

앞으로 만날 사람들에게
나에게 받은 사랑보다 더 많은 사랑을 받길

난 오늘도 내 마음을 고이 접어 바다로 떠나보낸다.

편지

차가운 눈이 내리는
겨울밤

그대에게 편지를 써 봅니다.

편지를 쓰면서도
조마조마합니다.

어떻게 해야 내 진심이
그대에게 전해질까

어떻게 해야 내 사랑이
그대에게 전해질까

고민하며 적은 편지 속에는
한 마디가 적혀 있습니다.

사랑해요.

김보민

나 정도 가지고

 세상에는 많은 사람들이 산다. 똑같이 보이는 두 명의 사람이 있다고 한들 분명 둘은 어떠한 기준으로 나눌 수 있다. 즉 모든 사람 나름대로 다르다. 지침의 정도 또한 마찬가지다. 반복되는 일상생활을 자연스레 흘려보내는 사람이 있다면, 반복되는 일상생활에 지치는 사람 또한 존재한다.

 요즈음 사람들은 이 사실을 잊어버리고 있다. 모든 것을 자신의 기준점에 맞춰 판단하고 결론짓는다. '네가 힘든 건 정신력의 문제야, 끈기의 문제야.'

우린 남의 기준점을 엿볼 필요가 있다. 또한 자신의 기준점을 알아야 할 필요도 있다. 그렇지 않으면 남들의 큰소리에 기준은 흐트러지고 본질을 잃게 된다.

 하지만 분명 마구 얽힌 기준점에서, 자신이라면 본래의 기준점을 찾을 수 있다. 기준이 존재하는 이유는 살아가기 위해서이기 때문이다. 죽기 직전이 아닌 힘들 때 휴식을 취할 줄 아는 결단력. 쉽지 않을 것이다. 뒤얽히고 파손된 기준점에서 본래 모습을 발굴해 내는 것은. 하지만 우리는 태어날 때부터 발굴 행위를 해 오고 있었다. 부모, 친구, 스승 등의 주변 사람의 기준에서 자신만의 기준을 발굴한다. 처음엔 기준조차 존재하지 않았다. 기준은 자신이 발굴한 경험을 조각해 만들어 내는 것이다.

 이와 같이 기준점이란 경험을 통해 만들어 내는 것이기 때문에 유동적이다. 힘들지 않았던 것이 힘들 수도, 반대로 힘들었던 것이 힘들지 않을 수도 있다. 또 즐거웠던 것이 아무 감흥 없을지도 반대로 아무 감흥 없던 것이 즐거울 수 있다. 과거의 기준점에 자신을 판단하지 말고 자신의 기준대로 자신을 판단해야 한다.

과거, 현재, 미래 모두 당신이다. 과거의 경험에 겁먹지 말고 방향을 고칠 줄 알아야 한다.

우리는 현재의 모습을 통해 발전점을 찾는다. 미래의 모습을 상상할 줄 아는 여유를 가진다. 계속 달라지지만 찰나의 모습 또한 당신이다. 모든 순간의 나를 사랑할 줄 안다면 남의 순간도 바라볼 줄 알게 된다.

우리는 남을 사랑하기 이전에 나를 사랑할 줄 알아야 한다. 아무리 멍청하고 못났고 꼴 보기 싫은 자신일지라도. 사랑한다면 못난 자신을 사랑하는 사람 한 명이 존재하게 된다. 그것은 많은 힘이 된다.

"남들에 비해 나 정도면 힘든 것도 아니지, 나 정도 가지고 힘들다고 하면 되겠어?"

'남들에 비해는' 무엇인가, '나 정도는' 무엇인가.

최사랑

온새미로
: 자연 그대로, 언제나 변함없이

 가만히 있어도 땀이 흐르는 여름날 가로등 몇 개가 켜져 있는 골목길, 무선 이어폰을 꽂은 채 미르는 터벅터벅 걷는다. 잔잔한 사랑 노래를 들으며 미르는 낮에 학교에서 보았던 그 아이를 떠올리며 설레어 하기도 하고 진지한 표정을 짓기도 했다. 수십 분 후, 어느덧 집에 도착했다. 미르는 땀으로 찝찝해진 몸이 싫은지 현관문을 열자마자 욕실로 달려갔다. 하루 동안 쌓인 피로를 샤워로 푸느라 시간이 얼마나 지났는지 모른다.
 미르는 샤워 후 깨끗함이 주는 맑음이 좋아 웃는 것인

지, 학교에서 보았던 그 아이가 떠올라 좋은 것인지 한껏 밝아진 얼굴을 한 채 자신의 방으로 걸어갔다. '위이잉' 드라이기로 축축했던 머리를 다 말리고 나서야 미르는 자신의 침대로 향했고, 언제나 그랬듯이 눕자마자 휴대전화를 하기 시작했다. 미르의 휴대전화에 있는 SNS의 검색창에는 학교에서 봤던 그 아이의 이름 '온새'로 가득 차 있었다. 미르는 수십 개의 계정을 확인한 끝에 온새의 SNS 계정을 알아냈다. 떨리는 마음으로 팔로우를 신청했고, 온새도 미르와 같이 휴대전화를 보고 있었는지 바로 팔로우 신청을 받아 주었다.

 미르는 온새와 SNS 친구가 되었다는 기쁨에 평소에 누우면 잘 일어나지 않는 침대에서 벌떡 일어나 환희의 춤을 추기 시작했다. 어찌나 그리 신나게 춤을 추는지 십여 분간 두 발이 바닥에 닿는 일이 뜸했다. 기쁨의 숨을 몰아쉬고 행복과 피곤으로 가득 찬 몸을 다시 침대에 뉘었다. 비록 학교에선 인사도 못 해 봤지만, 온새와 SNS 친구가 된 것만으로도 세상을 다 가진 듯 뿌듯해했다.

다음 날 온새와 꼭 얼굴을 마주 보며 인사를 하리라 다짐한 미르는 어느 때보다 즐겁고 한껏 흥분된 채로 잠자리에 들었다. '매앰매앰' 매미의 알람 소리와 여름날의 강력한 햇살에 잠에서 깼다. 평소 같으면 매미와 태양을 저주하며 일어날 미르지만 오늘만큼의 미르는 세상 모든 것이 아름다워 보이는 소년이다.

어젯밤 온새와 인사하리라 다짐했었던 기억이 떠오른 미르는 서둘러 학교 갈 준비를 했다. 미르는 추리닝만 입고 등교하던 지난날과는 다르게 더 깔끔하고, 세련돼 보이는 교복을 위아래 다 입고선 평소엔 만지지도 않던 머리를 매만졌다. 미르는 집 밖으로 나가기 전 현관에 있는 전신 거울을 빤히 쳐다보더니 아주 흡족한 얼굴로 집을 나섰다. 하늘도 미르의 기분을 알아차린 것일까? 오늘의 날씨는 여름이지만 적당히 따스한 햇볕과 솔솔 바람이 부는 날씨였다. 모든 것이 미르의 기분을 헤아리듯 완벽한 하루가 될 것 같은 날씨였다.

좋은 상상만 하다 보니 어느덧 학교 정문 앞, 미르는 깜짝 놀랐다. 거짓말처럼 정문에서 온새를 만난 것이었다. 미르는 온새를 보자마자 어젯밤 굳게 다짐했던 결심은 흔적도 없이 머릿속에서 사라졌고, 결국 미르는 온새에게 인사를 하지 못했다. 하지만 미르는 자칭 절망 따위에 무너지지 않는 사나이라고 주문을 걸며 온새에게 인사를 할 수 있기를 간절히 기도했다.

  다행히 미르와 온새는 같은 반이었고, 반에서의 자리도 가까워서 언제든지 말을 걸 수 있었다. 하지만 온새는 소심하고, 도도한 이미지가 강했기에 쾌활하고 친구들이 많았던 미르는 친해지고 싶지만 쉽게 다가가지 못했다. 고등학교 2학년이 된 지금, 미르의 기억 속엔 온새와 이야기 나누어 본 적이 있는지 가물가물할 정도다. 그래도 미르는 포기를 모르는 남자였기에 최대한 용기를 내어 반에 홀로 앉아 있는 온새에게 조심스레 인사를 건네며 요즘 유행하는 젤리를 주었다. 온새는 약간 당황한 듯 순간 멈칫했지만 어색한 공기의 흐름이 싫은 듯 인사하는 미르에게 활짝 미소를 지으며 젤리 포장지를 만지작거렸다. 겨우 인사와 젤리를 건네는 데 성공한 미르는 온새와의 어색한 인사 후 자연스럽게 복도로 나가 소리 없는 아우성을 질러 댔다. 복도를 지나는 미르의 친구들은 신이 나 어찌할 줄 모르는 미르의 우스꽝스러운 모습을 보며 깔깔 웃어 댔다. 하지만 미르는 온새에게 인사와 젤리를 건네주었다는 그 사실 하나만으로 머리가 꽃밭이 되어 버렸다.

 온새와 한 번 인사하고 난 뒤 미르는 학교에 가는 것이 즐거웠고 매일매일 앉아 있는 온새에게 소박한 인사를 건네며, 가까운 자리를 이용해 다음 수업 시간이 무슨 과목인지, 점심 메뉴가 뭔지, 학원은 다니는지, 아침밥은 먹고 오는지 등을 물었다. 온새는 의사가 된 것처럼 항상 질문을 건네며 끊임없이 자신에게 관심을 가져 주고 말을 거는 아이는 미르가 처음이었다. 이런 미르가 온새도 꽤 재미있었는지 미르가 건네는 질문에 대답도 해 주고, 가끔은 둘이 킥킥 웃으며 장난을 치기도 했다. 미르가 온새에게 보내는 노력들의 결과인지 나날이 미르와 온새의 관계는 주변 친구들이 감탄할 정도로 금방 친해졌다. 둘의 관계가 가까워질수록, 각자 자신의 마음속에서 피어나고 있는 감정 하나를 의식하게 되었다.

여름의 온기가 서서히 사라지고 가을 향기가 느껴지는 듯한 바람이 불어오던 어느 날, 종례가 끝나고 미르는 오랜만에 잔뜩 긴장한 얼굴을 하고 온새에게 다가가 같이 하교해도 되냐고 물었다. 온새는 잠시 고민하더니 고개를 끄덕였다. 미르는 후다닥 가방을 챙기고는 마치 주인만을 바라보는 강아지처럼 온새를 바라보며 환한 미소를 보였다. 터벅터벅 집을 향해 걸어가는 둘의 걸음 소리는 마치 하나가 된 것 같았다. 그렇게 서로 아무 말 없이 걷다 미르가 온새에게 말을 걸었다. 우리 학교에 좋아하는 사람이 있느냐고.

갑작스러운 미르의 질문에 온새는 당황스러운 기색을 펼치며 그런 건 왜 묻냐고 되레 미르에게 역으로 질문했다. 차마 생각하지 못한 질문이 들어오자 미르는 얼굴이 빨갛게 물든 단풍잎이 되었고, 처음 보는 미르의 얼굴에 온새는 차마 웃음을 참지 못하고 큭큭대며 웃어 댔다.

서로 투닥거리며 걷다 보니 어느새 온새의 집 앞에 도착해 있었고, 미르는 온새가 집 안에 들어가는 것까지 확인한 후 집으로 향했다. 집으로 가는 길은 늘 걷던 거리지만 오늘 밤은 조금 색다른 기분이었다. 말로는 형용할 수 없는, 새로운 감정을 느낀 사람만이 알 수 있는 그런 기분. 미르는 언젠가 온새와 더욱더 가까운 사이가 되길, 평생 둘만 바라보고 살아갈 그 순간을 기대하며 집으로 향했다.

 두근거림으로 가득한 밤이 지나고 우주에 온 듯 몸과 마음이 붕 뜬 기분으로 일어난 주말 아침, 미르는 휴대폰을 들어 자연스럽게 온새에게 문자를 보냈다. 어느덧 서로가 서로에게 안부를 묻고 걱정하는 것은 일상이 되었고, 하루라도 문자나 통화를 하지 않으면 당일은 무기력한 기분이 들었다. 문자를 주고받은 지 3시간이 지났다. 슬슬 점심시간이 다가오자 미르는 온새에게 같이 밥을 먹자고 제안했다. 온새도 미르의 제안이 나쁘지 않은지 바로 수락했고, 학교 근처 공원에서 만나기로 약속했다. 미르와 온새는 둘이서만 보낼 시간을 기대하며 어떤 옷을 입을지, 어떤 향수를 뿌릴지 고민하고 고민하며 준비를 했다.
 어느덧 공원에서 만나기로 한 시간이 다가왔고, 온

새와 미르는 말이라도 맞춘 듯 약속 시간보다 10분 일찍 도착했다. 공원 한가운데서 마주친 둘은 당황했지만 서로 웃으며 점심을 먹으러 식당에 갔다. 온새와 미르는 공통점이 많아 식성도 비슷했고, 영화, 향수, 책 취향 등 사소한 것들이 일치했기에 점심 식사 메뉴는 쉽게 고를 수 있었다. 서로 먹고 싶은 메뉴를 골라 나눠 먹고 식사를 하며 나누던 이야기를 이어서 하기 위해 카페에 들러 음료와 케이크를 시켜 계속해서 이야기를 나눴다. 이야기를 나눌수록 공통점이 많아져 서로에게 느끼고 있던 호감은 더욱더 커져 갔고, 처음 만나 인사를 나누던 그때와는 다른 감정으로 서로를 바라보고 있었다. 한두 시간 정도 이야기를 나누고 나니 카페 창으로 보이는 밖은 점점 어두워지고 있었다. 창밖을 보던 미르는 잠시 고민하더니 어제처럼 집까지 데려다 주겠다며 카페에서 나가자고 말했다.

  카페에서 나와 같은 길을 같은 속도로 걷던 미르와 온새, 어제보다는 더욱더 가까워진 둘의 거리. 무언가 이뤄질 것 같은 긍정적인 느낌이 들었다. 미르는 온새와 함께 걷던 발걸음을 멈추고 온새를 불러 자신의 솔직한 감정을 이야기했다.

"온새야. 너는 내 일상에서 빠지면 안 되는 사람이 된 것 같아. 아침마다 눈을 뜨면 네 생각이 먼저 나고, 밥을 먹든 공부를 하든, 어떤 걸 하고 있어도 네 생각밖에 나질 않아. 그러니까, 너도 싫지 않다면 나랑……."

온새는 하고 싶은 말을 마구 꺼내다 보니, 점점 부끄러움이 몰려와 말끝을 흐려 가던 미르의 손을 잡고 눈을 쳐다보며 말을 건넸다.

"나도 너처럼 네 생각만 나. 그래서 지금 가는 이 길 너랑 손잡고 걸어가고 싶고, 맨날 그러고 싶어. 너는 어때?"

미르는 온새의 말을 듣고 울먹거리며 손을 잡고 나지막이 대답했다.

"나도 좋아."

.
.
.

서로의 온기가 필요한 추운 겨울이 지나 여러 번 계절이 바뀌고, 온새와 미르는 서로에게 빠져서는 안 될, 언제나 변함없이 함께하는 하나가 되어 따스한 나날을 보내고 있었다.

전성재

아빠

경기도 북부에 위치한 동네에 사는 나는 이정혁이다. 우리 동네는 북한이랑 그리 멀리 떨어지지 않은 동네이다. 높은 산에 올라가서 내려다보면 북한 땅이 보일 정도니까. 매일같이 들리는 헬기 소리와 제트기 소리, 탱크 대포 소리까지. 군사 훈련 소리가 이젠 익숙하다. 어김없이 찾아오는 아침. 우리 엄마는 "정혁아 일어나야지."라며 날 깨워 왔다.

나는 알겠다고 대답까지 해 놓고 나도 모르게 또 잠을 자고 있다. 정말 아침에 일어나는 것만큼 힘든 시간은 없을 것이다. 일어나기 싫다고 생각하고 있을 때였다. 엄마가 방문을 열고 들어와서는 창문을 활짝 열어 두고 이불을 걷어 갔다. 그렇게 나는 뒤뚱뒤뚱 일어나 곧장 화장실로 향했다.

따뜻한 물이 한 방울도 안 나오는 세면대에 서서 찬물로 씻기 시작했다. 그 후 난 거실로 나가서 식탁에 앉아 밥을 먹기 시작했다. 우리 집 반찬은 항상 변함이 없다. 늘 그랬듯이 김치와 옥수수가 잔뜩 들어간 밥이다.
보자마자 나는 엄마한테 그랬다. "엄마, 소시지는 없어?"
예상했듯이 엄마는 "다음에 해 줄게, 오늘은 있는 거 먹자."라고 답했다. 기대하고 물어본 게 아니어서 그런지 실망스럽지도 않았다. 그렇게 입에 밥을 욱여넣고 엄마와 집을 나왔다. 엄마는 나오자 우리 집 앞마당에 있는 밭에서 토마토를 따고 있었다.

4년 전부터 우리 집은 엄마와 할머니 그리고 나 이렇게 셋이서 살아가고 있다. 아빠는 4년 전 장마철에 교통사고로 돌아가셨다. 우리 가족에게는 아빠의 빈자리가 너무나도 크게 느껴졌다. 연세가 너무 많으신 우리 할머니, 외국인인 우리 엄마와 아빠의 힘없이 살아가는 게 힘들다고 느껴졌다. 그렇게 나는 매일 아침 엄마와 집을 나와 항상 아빠에게 말을 한다.

"아빠 나 오늘도 학교 갔다 올게."

이제는 습관처럼 말을 한다. 그리고 엄마와 시내로 걸어 나간다. 우리 학교는 시내에 있고, 엄마는 시내에서 버스를 타기 위해 나와 같이 간다. 그렇지만 시내까지 가려면 진흙으로 만들어진 논길을 건너 산을 넘어야 갈 수 있다. 그래도 엄마와 얘기하며 걷다 보면 금방 시내가 보인다. 시내로 내려가서 엄마는 버스 정류장 쪽으로 향하고 나는 그 반대편인 학교로 향한다. 서로 헤어지면서 엄마에게 인사하고 학교 정문으로 곧장 뛰어갔다. 정문을 지나서 학교로 가는 길에는 파랗게 물든 나무들이 우거져 있다. 뜨거운 시내 거리를 지나 이 길에 들어서면 시원해지면서 기분도 상쾌해진다. 진흙이 잔뜩 묻은 신발을 갈아 신고 교실로 들어섰다. 교실에 들어가는 순간 나랑 가장 친한 친구 민혁이가 나에게 인사를 건네 왔다. 민혁이는 운동과 공부를 다 잘하는 친구다. 그런 친구가 나와 가장 친하다니 조금은 뿌듯하다는 마음이 들 때도 있다.

　종이 치고 자리에 앉아 조회를 기다리고 있었다. 그때 나는 잊고 있었던 가정 통신문이 생각이 났다. 나는 한숨을 쉬며 혼날까 봐 긴장을 했다. 담임 선생님께서 오시고 조회하시고 난 후에 가정 통신문을 걷고 있었다. 역시나 나는 선생님께 걸렸고 친구들 앞에서 혼나기까지 했다.

　오늘 하루 시작부터 꿀꿀한 기분으로 시작됐다. 그런 나를 민혁이가 다가와 놀려 댔다.

　"넌 또 그걸 까먹고 안 가져왔냐." 나는 싫은 티를 내가며 민혁이를 대했다.

　시작종이 치고 난 후에 우리는 1교시부터 영어 수업을 했다. 나는 영어 수업만 들으면 잠이 솔솔 온다. 모르는 말들이 내 귀에 오가니까 흥미도 없고 잠이 온다. 그렇다고 엎드려 잠을 자면 선생님께 혼나니까 창밖을 보면서 재밌는 상상들을 한다. '내가 만약 개미라면 사람이 어떻게 보일까?'라든지, '내가 고양이처럼 점프를 높게 뛸 수 있다면 어떨까'라는 그런 상상들을 말이다.

　그렇게 혼자 놀다 보면 종이 친다. 쉬는 시간마다 나

는 민혁이와 옆 반 친구들이랑 운동장에 나가 축구를 한다. 십 분이 그렇게 길지 않은 시간이지만 그 짧은 시간에도 축구를 하겠다고 나가서 공을 차고 논다. 놀다 보면 우리도 모르게 종이 친다. 그러다 수업에 늦으면 선생님들께 꾸중을 듣는다. 그렇게 꾸중을 들어도 우리는 밖에서 축구를 하는 것보다 재밌는 게 없었다. 재밌는 시간을 보내고 학교가 끝났다. 나는 점심을 먹어도 학교가 끝날 즈음에는 다시 배가 고파진다. 정문을 통해 내려가다 보면 학교 옆 분식집이 보인다. 그때마다 난 내가 가장 좋아하는 떡볶이와 순대가 너무나도 먹고 싶어진다.

그렇지만 난 엄마한테 따로 용돈을 받은 게 없어서 사 먹질 못한다. 그렇다고 엄마한테 사 달라고 하기엔 너무 미안하다. 하루하루 살기에도 벅찬 삶인데 내가 먹고 싶다고 억지 부리기는 엄마한테 너무나도 미안하다. 이럴 때 '아빠가 있었으면 얼마나 좋았을까?'라는 생각이 든다.

아빠가 계셨을 때는 항상 시내로 걸어 나와 저녁마다

분식집을 가서 먹었었는데 지금은 그러지 못하니까 아빠가 조금은 원망스럽다. 그렇게 허기진 나의 배를 붙잡고 민혁이와 정문을 빠져나와 곧장 민혁이네 집으로 향하였다. 민혁이네는 학교와 가깝다. 민혁이는 걸어서 오 분이면 도착하는 아파트 단지에 산다. 뜨거운 햇살이 비추는 여름이다. 온몸에 땀이 흘러내릴 만큼 더웠다. 그래서 민혁이네 집에 들어가 시원한 물을 따라 마시고 가방을 내려놓고 집 앞에 있는 조그마한 풋살장으로 가 공을 찼다. 그렇게 다리에 힘이 빠질 정도로 놀다 보면 해가 져 가고 있다.

나는 그제야 가방을 찾아 다시 메고 집으로 향했다. 이렇게만 놀고 들어가기 아쉽긴 하지만 더 놀았다가는 엄마와 할머니가 걱정하실 게 분명했기 때문에 들어가려고 했다.

집을 가는 내내 생각했다. 나도 민혁이네처럼 아파트 단지에 살고 싶다고. 아파트 단지에는 사람들도 함께 살고 있고, 앞에 놀이터도 있고, 옆에 풋살장도 있다.

오죽하면 민혁이와 함께 살고 싶다는 생각도 들 정도이다. 그렇지만 우리 가족 형편이 그런 걸 어쩌겠냐며 마음을 삭였다. 집을 가다 보면 태양이 산에 가려져 가는 게 보인다. 그걸 보고 있으면 정말 마음이 편안해진다. 얼마나 예쁜지 항상 보는데도 나에겐 변함없이 항상 예쁘다. 집에 도착해 할머니께 인사드리고 나는 곧장 화장실로 가서 찬물로 샤워를 했다. 너무나도 더웠던 오늘 하루를 씻겨 보내는 시간들이 너무나도 개운했다. 그러고 나오면 우리 엄마가 집에 딱 도착해 있을 시간이다. 우리 엄마는 오늘 하루 정말 힘든 시간을 보냈을 것이다.

엄마는 달걀 공장에서 일을 한다. 그 공장은 에어컨 하나 안 틀어 주는 공장이다. 그 오랜 시간동안 더워서 땀을 많이 흘렸을 텐데, 그 고통의 시간을 버티는 우리 엄마가 안쓰럽다. 그렇게 힘든 몸으로 할머니와 나의 저녁을 차려 주셨다. 내가 좋아하는 된장찌개와 계란말이가 상에 올라와 있었다. 나는 상으로 뛰어가 앉아서 허겁지겁 밥을 먹었다. 마지막으로 먹은 게 점심인데 해가 지고 난 후에야 저녁을 먹어서 그런지 나도 모르게 허겁지겁 먹게 됐다. 그렇게 밥을 먹고 난 후 나는 마당에 있는 마루에 누워서 모기향을 피우고 라디오를 들으면서 밤하늘을 쳐다봤다. 어렸을 때부터 아빠와 매일같이 했던 것들이다. 아빠는 하루의 마무리를 나와 함께 마루에 누워서 라디오를 들으며 힐링을 했다.

  아빠가 돌아가시고 나는 이렇게 누워서 아빠한테 오늘 있었던 일들을 전부 아빠에게 말해 준다. 남들한테 말하지 못하는 나의 속마음을 말할 수 있는 유일한 시간이다. 옛날이나 지금이나 난 항상 아빠에게는 솔직하게 모든 걸 다 말했다. 그만큼 믿고 의지했던 사람이니까.

  그런 아빠가 없다고 생각하니까 허전하고 답답하다. 쓸쓸한 마음을 뒤로하고 나는 꿈나라로 가기 위해 이불을 깔았다. 그 후에 기절하듯이 잠에 들었다. 또 힘들게 눈을 떠야 하는 아침이다. 기지개를 쭉쭉 켜 가며 일어나서 씻고 아침을 먹었다. 그렇지만 오늘은 유난히 학교에 가기 싫었다. 밖에 장마철이라 비가 엄청 쏟아지고 있다. 나는 날씨에 영향을 많이 받기 때문에 날씨에

따라 그날의 기분이 정해진다. 날씨도 우중충해서 기분도 안 좋고, 논길과 산길 둘 다 비 때문에 질퍽일 텐데 앞길이 막막해지는 기분이다. 그래도 아빠와 약속을 한 게 있기 때문에 가야 한다.

"아무리 아파도 학교는 가라."라고 말하는 아버지의 말을 지키겠다고 했었다. 그래서 싫더라도 약속은 지키고 싶어서 가야 한다.

오늘은 학교 갔다 오면 신발부터 빨아야겠다는 생각부터 났다. 학교까지 가는 길에 물웅덩이를 피하고, 밟으면 움푹 들어갈 것 같은 진흙을 피해 가며 학교까지 도착했다. 아무리 조심해서 왔다고는 하지만 내 신발과 양말은 갈색 물로 물들어 있었다.

정말 싫지만 오늘은 학교에서 맨발로 있어야 했었다. 게다가 무슨 일인지, 민혁이마저 학교에 나오지 않았고 축구도 할 수 없는 상황이었다. 그렇게 학교가 끝난 후 나는 우울하게 집까지 빠르게 왔다. 오자마자 양말과 신발을 들고 화장실로 들어가 물에 담갔다. 양말이야 검은색이어서 크게 티가 안 나지만, 신발은 갈색으로 물든 부분들이 너무나도 명확하게 보였다.

  아무리 빡빡 씻어 봐도 크게 변함이 없었다. 이제야 알았다, 신발을 빤다는 게 이렇게나 힘든 것인지. 항상 비 오는 날이면 아빠가 저녁마다 빨아서 주셨는데 이젠 나 혼자 해야 하니까 더 외롭게 느껴지는 것 같다. 곧 있으면 아빠 기일이어서 그런지, 오늘따라 아빠가 더 보고 싶어졌다.

  어느 날 아침 나는 기대로 가득 찬 마음으로 벌떡 일어나 학교 갈 준비를 마쳤다. 내가 가장 기다렸던 체육 대회가 있는 날이기 때문이다. 나는 우리 학교 학생들, 선생님들과 경쟁하는 게 재밌게 느껴진다. 그래서 그 누구보다 빠르게 학교에 등교했다. 아마 모두가 나와 같은 마음으로 학교로 향하고 있을 것이다. 그렇지만 나의 행복은 거기까지였다.

  이번 체육 대회는 학부모님들도 함께 참여하는 행사였다. 하지만 우리 부모님들은 오지 못하셨다. 남들이 다정하게 웃으면서 활동하는 걸 나는 그네에 앉아서 지켜보기만 했다. 이런 내 마음을 누가 알까. 아빠와 함께 이어달리기하고, 엄마와 아빠와 함께 돗자리 펴고 앉아서 도시락 먹는 모습을 보는 내가 이보다 더 비참할 수는 없을 것이다. 난 도시락도 없어서 식수대로 가서 물만 마셨다. 그렇게 모든 게 끝나고 난 눈꺼풀에도 힘이 없었다. 그렇게 집으로 가서 마루에 누워서 울기만 했다. 나에게 있어서 가장 필요한 사람한테서 상처를 받으면 엄청 아프게 느껴진다. 그냥 모두를 원망하게 되고 나 자신조차 원망하게 만든다. 오늘은 저녁도 안 먹고 밤마다 아빠에게 전하는 말들도 안 하고 누워서 잠만 잤다.

다음 날 아침에 나는 서운하고 억울한 마음에 엄마에게 가서 물었다.
"엄마 어제 우리 학교에서 뭐 했는지 알아?"
엄마는 예상했던 것처럼 어제 내가 뭘 했는지에 대해 전혀 모르는 눈치셨다. 그런 나는 아침부터 엄마에게 몹쓸 말들을 하며 서운한 감정을 표출했고, 그런 말을 들은 엄마는 어리둥절해했다. 학부모 모임에서 나온 말들도 알 수 없었을 거다. 우리 엄만 학부모 회의에도 낄 수 없었을 테니까.

  학교에서도 민혁이가 말을 걸어오는데, 난 대답을 시원찮게 했다. 괜히 죄 없는 민혁이한테 화도 냈다. 이러면 기분이 좀 풀릴 거 같았는데 전혀 그렇지 않았다. 뭘 해 봐도 내 답답한 마음은 사라지지 않았다. 그렇게 땅만 보며 정문을 나오는 길에 엄마가 나를 불러 왔다. "정혁아"라고.
  이 시간대이면 일자리에 있을 시간인데 온 걸 보니 아침에 내가 화를 내서 그런 것 같았다.
"떡볶이 먹으러 갈까?"
  나는 울음이 터졌다. 분명 엄마의 잘못이 아닌데, 어쩔 수 없는 건데 괜히 엄마에게 화를 내서 미안하다는 생각에 울음이 터졌다. 떡볶이를 먹고 엄마와 손잡고 집에 가는 길에 말했다.
"엄마 아침에 화내서 미안해."
  엄마는 아무 말 없이 날 바라보며 웃어 줬고 잡고 있던 손을 꽉 쥐었다.

서운했던 모든 감정들이 사그라들었다. 분명 엄마도 힘들었을 텐데 내가 너무 투정 부리는 거 같아서 미안했다. 그렇게 오늘은 엄마와 같이 저녁도 먹고, 마루에 누워 라디오 듣고, 밤하늘도 보고 처음으로 이렇게 시간을 보냈던 것 같다. 많이 울었어서 그랬는지 몰라도 그 날은 정말 빠르게 엄마 옆에서 잠들어 버렸다.

그렇게 뜨거웠던 여름이 지나, 단풍이 붉게 물든 가을이 지나 겨울이 찾아왔다. 겨울은 나에게 있어서 추억이 가장 많은 계절이다. 겨울이 찾아올 때마다 생각이 많아진다. 한겨울 아침에는 거의 못 일어난다. 따뜻한 이불 속에서 나는 밖으로 나가기 싫어진다. 그래서 항상 학교에 늦는 거 같다. 늦잠을 계속 자는 나를 깨우려고 엄마는 문을 열고 들어와 나의 이불을 걷어 내고 창문을 활짝 열어 버린다. 그럼 나도 모르게 엄마한테 화를 내게 된다. 너무 추우니까 어쩔 수 없이 투덜대며 일어난다. 하지만 지금부터가 더욱 고통이다. 따뜻한 물 한 방울도 안 나오는 우리 집에서 한겨울에 씻는다는 건 정말 지옥이다. 씻고 나와서 옷을 입으면 나는 아침을 먹기 전까지 드라이기를 가지고 와 옷 속에 드라이기를 쐬고 있는다. 이러면 옷도 따뜻해지고 몸도 따뜻해진다. 옛날에 우리 아빠가 나에게 해 줬던 방법이다.

그렇게 아침 먹고 학교로 곧장 향한다. 나는 우리 아빠를 닮았다. 얼굴도 성격도 거의 모든 걸 아빠를 빼닮았다. 우리 아빠처럼 나는 겨울마다 귀가 약해서 엄청 빨개진다. 그럴 때마다 엄마가 주머니에 넣었던 손을 꺼내서 내 귀를 덮어 준다. 아프던 귀가 엄마 손에만 닿으면 다시 멀쩡해진다.

그렇게 학교 정문에 들어서면 여름, 가을이랑 분위기가 확연히 차이가 난다. 붉게 물들었던 단풍들은 바닥에 다 떨어져 있고 나무들은 가지들만 남아 있어 앙상해 보인다. 여름과 달리 축구도 날씨가 추워져서 안 하게 됐다. 하다가 꽝꽝 언 바닥에 넘어지기라도 하면 전부 까질 게 분명하니까. 그래서 겨울에는 민혁이와 우리 반 여자애들과 보드게임을 하며 쉬는 시간을 보냈다.

그러다보면 방학이 찾아온다. 방학이면 아빠와 나는 아침 일찍 마당으로 나가 눈을 빗자루로 쓸어 내며 하루를 시작했다. 항상 쓸다 보면 이웃집 할아버지네 집 앞, 아주머니 집 앞에도 치워 드리곤 했는데, 이젠 아빠 없이도 나 혼자 할 수 있다.

"아빠 저 많이 컸어요, 이런 것도 혼자 할 수 있어요."

집 앞 길도 치우다 보니 눈이 수북하게 쌓여 있는 논을 봤다. 저렇게 눈이 쌓이면 항상 아빠와 눈싸움도 하고 눈사람도 만들었는데, 하며 옛날의 기억들을 다시 되돌려 봤다. 보고 싶어도 볼 수 없다는 게 정말로 고통스러운 일 같았다.

'다시 한번 아빠를 보고 싶어요, 아빠를 다시 안아 보는 게 제 꿈이에요.'

박신비

소망

: 어떤 일을 바람 또는 그 바라는 것

3년 전 나의 마지막 가족이었던 할머니를 떠나보냈다. 오늘은 할머니의 68번째 생신이자 나의 마지막 날이 될 것이다. 할머니의 68번째 생신을 축하드리며 납골당에 꽃을 놓고, 할머니가 살아 계실 적 꼭 가 보고 싶다고 하셨던 속초 바다에 와 있다. 아침이라 바닷바람이 매우 날카롭고 차가웠지만, 나에게는 바다가 나를 할머니의 곁으로 보내 주겠다고 말하는 듯 부드럽기만 했다. 나는 오늘 바다에 휩쓸려 할머니의 곁으로 갈 것이다. 눈을 감고 천천히 바다로 들어갔다. 바닷물이 내 배까지 왔을 무렵, 어디선가 전단이 날아와 내 얼굴에 달라붙었고, 그 전단에는 "저승의 상담사를 구합니다." 라는 다소 어이없는 말이 붉은색으로 적혀 있었다.

그 밑에는 "한 명당 저승 코인 100원! 신청하는 방법은 눈을 감고 저승 세 번 외치기"라고 적혀 있었고 나는 내가 죽을 때가 다 되어서 헛것을 보는 줄 알았다.

그러던 중 이상하게도 전단에 홀리는 느낌이 들었고, 결국 눈을 감고 저승 세 번을 외쳤다.

"저승! 저승! 저승!"

외치자 순간 세차게 불던 바닷바람 소리가 고요해지고 마지막 저승을 외치는 순간부터 차갑기만 했던 바닷물이 어딘가 따뜻해지는 느낌이 들었다. 순간 느껴지는 이질적인 공기에 온몸에 오한이 들었지만, 어차피 죽을 거 무서울 게 없었던 나는 용기 있게 눈을 떴다.

눈을 뜨자 영화에서나 나올 법한, 온통 피같이 빨간색인 공간이 내 눈 앞에 펼쳐졌고, 내 앞에는 우리가 저승사자라고 하면 떠올릴 법한 엄청나게 차갑게 생겼고, 검은색 정장을 입고 있는 남자가 눈앞에 서 있었다. 그 남자는 매우 무서웠지만, 내가 반가운 건지 웃으며 나에게 말했다.

"잘 오셨습니다. 저승의 상담사님. 이곳은 아시다시피 저승이고, 상담사를 필요로 하고 있어요. 요즘 이상한 사회 때문에 억울하게 죽은 사람이 늘어나서 말이죠. 원귀가 한을 못 풀어서 저승으로 가지 못해 저승이 아주 망자를 더 이상 받을 수도 없이 꽉 차 있어요. 이런 현재 상황에 상담사님은 저희에게 꼭 필요한 인재이지요."

그 남자는 나에게 저승이니 망자니 원귀니 이상한 말을 해 댔다. 나는 본능적으로 뒷걸음질을 쳤고, 이러한 내 낌새를 알아챈 남자는 더 활짝 웃으며 말을 했다.

"상담사님. 저는 이상한 사람이 아닙니다. 저는 무려 지옥에서 가장 명성이 높다는 지옥 대학교를 수석 졸업한 저승사자 한울이라고 합니다. 현재 망자들을 이승에서 저승으로 안전하게 모시는 임무를 수행 중입니다. 늘봄 님. 맞으시죠. 3년 전 상담사님의 할머니도 제가 안전하게 저승으로 모셨답니다."

내 이름과 우리 할머니를 알고 있는 한울이 나에게는 더 위험한 존재로 다가왔지만, '어차피 죽을 거, 이 남자에게 죽어도 뭐 어때.'라고 생각한 나는 용기 내어 남자에게 말을 걸었다.

"당신! 뭔데 내 이름이랑 우리 할머니를 알아? 나는 상담사도 아니야. 이런 거 재미없으니까 빨리 내가 원래 있던 곳으로 보내 줘."

내가 한울을 노려보며 소리치자 그 남자는 또 이렇게 말했다.

"아이. 당신이 저승의 상담사를 하고 싶다고 지옥을 외쳐서 내가 데려와 줬잖아. 우리 저승은 당신이 꼭 필요해. 전단지에 써 있던 지옥 코인 그거 아무나 얻을 수 있는 게 아니야. 지옥 코인 200원이면 죽은 사람도 살려 낼 수 있다고."

한울은 내가 믿을 수 없는 얘기만 했고, 나는 죽은 사람도 살려 낼 수 있다는 말에 본능적으로 3년 전 내 곁을 떠난 우리 할머니를 떠올렸다.

"그럼, 3년 전 죽은 우리 할머니도 그 지옥 코인 200원이면 살려 낼 수 있다는 거야?"

나는 떨리는 목소리로 한울에게 물어봤고, 한울은 나에게 믿을 수 없는 이야기를 했다.

"당연하지. 지금 저승에서는 억울하게 죽어 이승을 떠나지 못하는 원귀의 한을 풀어 줄 상담사가 필요해. 그 원귀의 한을 풀어 주어서 저승으로 가게 해 주면 원귀 하나당 코인 100원이야. 내 월급이랑 비슷한 수준이지. 어때 나랑 같이 일해 볼래?"

나에게 제일 소중한 사람인 할머니를 살릴 수 있다는 말에, 나는 이것저것 생각할 필요도 없이 하겠다고 외쳤다.

"당장 할래. 어떻게 하면 되는 건데?"

그러자 한울은 원래 일은 하면서 배우는 거라고 말했고, 그러자 내 옆에 거대한 흙이 묻은 포대 자루가 나타났다.

"이 원귀는 5년 전에 자기 남편에게 살해당하고 이렇게 포대 자루에 담겨서 산에 묻혔어. 남편을 너무 사랑해서 살해당하고도 자신이 없으면 남편을 누가 챙겨 주냐며 한을 품고 이승을 떠돌아다니고 있어. 너의 첫 임무다. 이 원귀의 시체가 묻힌 곳을 찾고 남편이 잘 살고 있다는 것을 보여 주고 이 원귀의 한을 풀어 주고 와."

한울의 말이 끝나자 원귀와 옆에 있던 산 중턱 정도 사이에 붉은 실이 생겨났고, 나는 원귀에게 가자고 말한 후 원귀의 시체가 묻힌 산으로 출발했다. 가는 동안 나와 원귀의 사이에는 아무 말도 오가지 않았고, 마침내 실이 끝나는 곳에 도착했다. 해가 아직 지지 않은 오후 5시였음에도 불구하고, 이곳은 다른 세상인 것처럼 어두웠다. 옆에 있던, 남편이 이 원귀를 매장할 때 쓴 것 같은 삽으로 나는 땅을 파기 시작했고, 땅을 얼마 파지 않아 내 옆에 있는 원귀와 똑같은 포대 자루가 보였다. 나는 그 포대 자루를 세상 밖에 꺼내 주었고, 원귀는 이 포대 자루를 남편이 보고 후회했으면 좋겠다며 그냥 그 자리에 두고 가자고 했다.

  포대 자루를 두고 산을 다시 내려가다 보니 어느덧 해가 다 지고 있었고, 원귀는 그제야 자신의 속에 있던 말들을 했다. 원귀는 16살부터 남편을 좋아해 같은 고등학교에 입학했고, 용기 내서 고백해 26살까지 연애를 하다가 결혼을 일찍 했다고 한다. 하지만 남편에게는 유일한 단점으로 술을 마시면 난폭해지는 버릇이 있었고, 5년 전 그날도 술을 마시고 들어와 술 좀 마시지 말라던 아내를 홧김에 죽였다고 했다. 그런 남편에도 아내는 남편을 너무 사랑해 남편 걱정뿐이었고, 빨리 남편을 보고 싶다고 했다.

나는 원귀가 이끄는 집으로 향했고, 창문으로 그 안을 보니 남편이 아내와 찍은 사진을 꼭 안고 잠에 들어 있었다. 그 모습을 본 원귀는 흐느끼며 눈물을 흘렸고, 그 모습을 본 나는 옆에서 원귀를 토닥여 주었다.

원귀가 서럽게 운 지 얼마나 지났을까 점차 원귀가 울음을 그쳤고, 내가 옆을 돌아봤을 때 원귀는 투명해지고 있었다. 원귀가 원한을 풀었다는 것을 깨달은 나는 원귀에게 웃으며 잘 가라는 인사를 했고, 원귀도 나에게 고맙다고 했다. 원귀가 내 눈에 보이지 않게 되자, 나는 처음 한울을 만났던 붉은색 공간으로 돌아왔고, 한울은 매우 기뻐하며 나를 반겼다.

"축하해. 첫 번째 임무 완수야. 역시 내 보는 눈은 틀리지 않았다니까? 하지만 다음 임무는 좀 더 어려울 거야. 두 번째 임무, 수행할래?"

기뻐할 새도 없이 나는 할머니 생각에 바로 두 번째 임무를 수락했고, 그러자 이번에는 얼굴과 몸이 누구에게 맞은 것처럼 피투성이인, 어려 보이는 교복 차림의 남학생이 내 옆에 나타났다. 내가 정말 말로 설명하기 어려운 몰골에 놀라 아무 말도 못 하자, 한울이 말했다.

"이 남학생은 정우고, 학교 폭력으로 친구들에게 살해당했어. 시신은 수습됐으나 가해자는 촉법소년이라는 이유로 6개월 만에 소년원에서 출소했어. 정우는 억울함 때문에 이승을 떠나지 못하고 있으니 정우의 억울함을 풀어 줘."

나는 어려도 너무 어려 보이는 남학생에 화를 참을 수 없었다.

"어서 너를 괴롭힌 친구들이 어디 있는지 안내해!"

내가 소리치자 정우는 울음을 겨우겨우 참으며 앞장서 갔다. 정우를 따라 도착한 곳은 어두운 중학교였고, 아직 밤이었기 때문에 아무도 보이지 않았다. 나는 정우를 끌고 운동장 벤치에 앉아 물었다.

"무슨 일이 있었기에 아직도 원한을 풀지 못한 거니?"

그러자 정우는 서럽게 울기 시작했고, 힘겹게 입을 열어 말을 시작했다.

"그 친구들과 저는 유치원부터 친구였어요. 같이 있으면 행복했고, 저는 친구들과 어른이 될 때까지 제일 친하게 지내겠다고 약속까지 했지요. 여름에는 함께 물놀이를 가고, 겨울에는 함께 눈사람을 만들며 사계절 내내 떨어지지 않았던, 그런 친구들이었어요. 그렇지만 중학교에 입학해서 점점 멀어지다가, 처음에는 부탁이었는데 점점 심부름이 되고, 말다툼으로 시작해서 욕이 되고, 장난으로 시작해서 폭력이 되고, 소외로 시작해서 왕따가 되고… 걷잡을 수 없이 커져만 갔어요. 그날도 애들이 사과한다고 옥상으로 불러내서 저는 정말 기쁜 마음으로 갔거든요. 갔더니 저에게 돌아온 건 비웃음과 폭력뿐이었어요. 그날은 목을 조르는 것 빼면 평소와 다를 것 없는 날이었어요. 아이들이 저를 때리다 갑자기 목을 졸랐고, 제가 몸부림치는 것을 재미있다는 듯이 쳐다보고 웃었어요. 그러다가 제가 정말 숨을 못 쉬고 점점 눈을 감으니 애들도 이럴 줄 몰랐다는 듯이 당황한 표정이었어요. 제가 눈을 감기 전 마지막으로 보았던 것은 모두 저에게 달려오고 있던 친구들이었어요. 저는 보상은 바라지 않고 딱 하나. 친구들에게 미안하다는 한마디만 듣고 싶을 뿐이에요."

정우의 말이 끝나고 해가 뜨고 있었다. 어린 나이에도 어른보다 성숙한 정우가 기특하고 누구보다 멋있었다. 그렇게 조금 더 기다리자 아이들이 등교하기 시작했고, 남학생 무리가 떠들며 등교하자 내 옆에 있던 정우가 놀라며 그들을 자신의 친구들이라고 했다. 나는 정우와 함께 그 아이들 뒤를 따라갔고, 그 아이들은 으슥한 골목길로 들어가 또 다른 학생 하나를 괴롭히고 있었다. 정우는 옛날의 트라우마 때문에 몸을 떨기 시작했고, 그런 정우에 화가 난 나는 아이들에게 소리쳤다.

"그만해!"

그러자 아이들은 잠시 놀라더니 나를 보며 누구냐고 무시하기 시작했고, 나는 정우에게 이야기를 들으며 쌓인 말들을 하기 시작했다.

"너희 정우 알지? 정우한테 왜 그랬어? 걔가 너네한테 뭘 잘못했는데! 정우는 너희를 정말 아끼는 친구라고 생각했어. 너희가 그 아이에게 그런 나쁜 짓을 했어도……."

 내 말에 아이들은 자기들이 애써 잊고 있던 정우를 내가 말하니 놀란 기색이었다. 그러자 그곳에 있던 아이 하나가 울기 시작했고, 나에게 누군데 그런 걸 알고 있냐고, 아니라고 당황하던 아이들도 울음을 터뜨리기 시작했다. 그중 한 아이가 말했다.

 "우리는 그때 걔가 진짜 죽을 줄 몰랐어! 우리도 너무 끔찍해서 잊으려고 노력하고 있었는데 네가 뭔데 그딴 말을 해."

 그 아이는 펑펑 울고 있었고, 나는 말했다. "정우가 너희 너무 미운데, 너희가 무척 소중한 친구들이라서 정우한테 진심으로 사과해 준다면 용서해 줄 수 있대. 정우한테 사과할래? 내가 꼭 전해 줄게."

 내가 말하자 아이들은 뻔뻔한 척은 했지만 속은 많이 힘들었는지 계속 울며 미안하다고 말했고, 내가 뒤를 돌아보자 정우는 상처가 깨끗하게 없어진 채로 웃으며 점점 투명해지고 있었다.

 "정우가 너희 용서해 준대. 앞으로 친구 괴롭히지 말고 착하게 살아."

아이들에게 말을 해 준 나는 정우를 보며 싱긋 웃어 주었고, 손을 흔들며 행복하게 살라고 소리쳤다. 정우가 완전히 없어지자, 나는 또 저승사자와 처음 만났던 공간에 도착해 있었고, 저승사자는 나에게 감탄을 하며 말했다.

"어때? 원한을 깔끔하게 풀어 준 소감이. 그럼 이제 상담사님의 원한을 풀어 줘야지. 지옥 코인 200원, 사용할 거야?"

저승사자의 말을 들은 나는 할머니를 드디어 볼 수 있다는 생각에 눈물을 흘리며 대답했다.

"응. 할머니를 살려 줘."

내 말이 끝나자 내 몸이 점점 투명해져 갔고, 한울은 나에게 웃으며 손을 흔들어 주었다. 눈을 감았다 뜨자 귀에서는 익숙한 바다 소리가 들렸고, 눈에는 저승으로 오기 직전 내가 있었던 속초 바다가 보였다. 옆을 돌아보니 내가 그토록 그리워했던 할머니가 내 옆에 앉아 있었고, 할머니를 보니 눈물이 저절로 흘렀다. 내 눈물을 본 할머니는 말없이 나를 꼭 안아 주셨고, 그런 할머니 뒤에는 내가 저승으로 가게 된 빨간 전단을 들고 나에게 웃어 주는 저승사자 한울이 있었다. 나는 감사를 전하기 위해 한울을 부르려고 했지만, 그는 이미 사라지고 없었다.

소망: 사라져 없어짐.

김가빈

그날

햇빛이 강하게 내리쬐는 그날, 나는 죽었다.

딩동댕동 수업의 끝을 알리는 종이 울렸다. '아, 끝이네.' 오늘도 어김없이 나는 멍한 상태로 하루를 보낸다. 터벅터벅 집으로 돌아가는 발걸음에는 힘이 없다. 끼익하고 열리는 대문, 언제 들어도 이 소리는 소름 끼치도록 싫다.
"다녀왔니?"
"네."
매일이 같은 일상 이제는 너무나도 익숙해져 버린 이

런 하루들. 그날 이후로 나는 살아도 사는 게 아니었다. '난 죽었어. 이제 나는 없어.' 매일 이런 생각들로 하루를 보낸다. 가만히 침대에 눕는다. 그대로 평소와 다를 거 없이 잠에 빠져든다. 검은 방이 보인다. 문고리를 잡아 돌린다. 피 냄새가 진동한다. 그곳, 그 방에 가운데에는 머리가 없는 '나'의 모습이 있다. 그것을 끝으로 나는 잠에서 깼다. 오늘도 어김없이 같은 꿈이다. 온몸이 차가워진 날 보고 한숨을 쉰다.

"민재야, 저녁 먹으러 오렴."

"네."

평소와 다를 것 없는 저녁 시간. 밥을 모두 먹고 설거지를 한 뒤 방에 들어온 나. 이것도 평소와 다를 거 없다.

1시간 뒤 아버지가 오신다. 끼익, 나는 인상을 찌푸리며 열쇠를 꺼내 아무도 모르는 상자를 집어 열었다. 그 안에는 숫자가 적힌 종이들이 무수히 많이 들어 있다. 나는 새로운 종이를 꺼내 3129라는 숫자를 적어 넣었다. 열쇠로 잠가 아무도 모르는 장소에 넣어 두었다. 나는 잠자리에 눕는다. 평소와 다를 거 없는 일상. 그 하루가 또 한 번 지나가고 있었다. 그날로부터 벌써 3129

일이라는 시간이 흘렀다. 곧 8년인가. 약 8년 전 아마 내가 10살이었을 때였다. 한창 놀기를 좋아했을 나이.

"민재야, 민서야, 아침 먹어야지."
"네!"
그날은 평소와 다를 거 하나 없는, 평범하기 그지없는 날이었다. 동생은 다리가 불편했다. 나는 그런 동생이 창피하고 싫었다. 나는 그런 동생에게 모진 말들을 많이 했었다. 그때 당시 동생은 고작 7살밖에 되지 않았다. 나는 멍청했고, 또 멍청했다. 동생은 말이 거의 없었고 뭔가 항상 몸에서 무언가가 빠져 버린 것같이 공허한 모습이었다. 나는 그런 동생 또한 싫었다. 정상이 아니라고 생각했다.

오후 2시부터 비가 내렸다. 아주 많이. 부모님 모두 외출한 상태여서 집에는 나와 동생만이 남아 있었다. 나는 동생과 둘만 있는 게 죽기보다 싫었다. 나가고 싶은 마음이 가득했지만, 비가 앞이 보이지 않을 정도로 쏟아져 내렸기에 그 마음은 접고 방에서 혼자 놀았다.

끼익, 비바람 때문인지 문소리가 소름 끼쳤다. 그때 동생의 방에서 쿵쿵거리는 소리가 들렸다. 동생의 방에 가기 싫었지만, 계속되는 소리에 나는 짜증을 한껏 품고 동생의 방을 향했다. 나는 힘껏 방문을 열었다. 어두운 방 안에서 자그마한 소리가 들려왔다.

"…어…? 엄마는…?"

나는 그 작고 더듬는 소리가 싫어 그냥 나가려고 했다. 동생이 다시 한번 소리를 내뱉기 전까지는.

"…미… 미안한데… 나 약 좀…."

난 한숨을 크게 쉬었다. 동생이 다 듣도록. 동생이 움찔거리는 것을 보았지만 모른 척했다. '안 가져다주면 혼내시려나?' 난 어쩔 수 없이 어머니의 방으로 향했다. 약은 아주 많았다. 나는 작은 탄성을 내뱉으며 수많은 약을 살펴보았다.

"뭘 가져가야 하는 거지…?"

나는 한참을 고민한 뒤에 그 많은 약 중에 하얀색의 약 하나를 골라 동생에게 가져다주었다. 그리고 방으로 돌아갔다. 그런데 창문을 보니 비가 그쳐 있었다. 햇빛이 아주 강하게 내리쬐었다.

그때 동생의 방에서 이상한 소리가 들려왔다.

"뭐… 뭐지?"

나는 살짝 두려운 마음으로 동생의 방문을 열어 보았다. 나는 그 광경을 보고 아무런 말도 행동도 할 수 없었다. 동생은 피를 토하면서 바닥에 엎어져 있었다. 나는 작은 신음을 내뱉었다.

"…헉…."

동생은 힘겨운 기침 소리를 내었다.

"쿨럭쿨럭…."

나는 너무 놀라 한 발자국 뒤로 물러났다.

그리고 한참을 기침만 하던 동생이 시선을 눈치챘는지 나를 바라보았다. 그러곤 힘겹게 말을 내뱉었다.

"…나를 죽이려던 거야… 그치?"

"아… 아니 아니야!"

난 너무 당황해 큰 소리를 냈다.

"난 몰라 약 같은 거… 나는 모른다고!"

"…너 날 죽였어…."

동생은 핏발 선 눈으로 나를 바라보았다.

"아… 아니, 아니야…. 나… 난… 그런 게, 그러려던

게 아냐⋯."

 "쿨럭⋯ 쿨럭⋯ 헉⋯ 아⋯ 욱⋯ 살인자⋯."

 끼익, 문소리는 여전히 소름 끼치는 소리를 내며 흔들렸다.

 동생은 마지막까지 날 노려보며 그렇게 죽어 갔다. 나는 멍한 눈으로 피투성이가 된 채 숨을 쉬지 않는 동생을 바라보다가 천천히 다가갔다. 툭툭 건드려 보았다. 숨을 쉬지 않았다. 두 손으로 동생을 붙잡고 미친 듯이 흔들었다.

 "일어나! 일어나라고! 난 살인자가 아니야⋯ 아니란 말이야⋯."

 그리곤 천천히 동생을 내려놓았다.

 그 뒤 얼마나 시간이 흘렀을까. 부모님이 돌아왔다. 나는 움직일 수 없었다.

 "민재야? 어디 있니?"

 어머니가 동생의 방으로 들어왔다. 방을 슥 훑어보던 어머니가 우리를 본 그 순간 맑던 검은색 눈동자가 새빨간 우리의 모습을 담았다.

"세, 세상에… 민서야!"

어머니가 소리를 질렀다. 그 소리를 듣고 아버지도 곧장 동생의 방으로 달려왔다.

"무슨 일… 민서야…!"

아버지는 곧바로 119에 전화를 걸었다. 얼마 있지 않아 구급차가 도착했다. 나는 내 앞에 있던 동생을 데려가는 사람들을 그저 멍하니 바라보았다. 두 사람 모두 구급차에 탔고 어머니는 이제야 날 본 듯 나도 태워 데려갔다.

어머니는 창백해진 얼굴로 동생의 이름을 부르며 계속해서 손을 주무르고 있었고, 아버지는 초조한 얼굴로 동생의 얼굴을 계속해서 쳐다보고 있었다. 나는 여전히 멍한 얼굴로 허공을 바라보고 있었다. 그러는 사이 구급차가 병원에 도착했다. 동생은 곧바로 수술실에 들어갔고 어머니는 눈물을 흘리며 두 손을 모으고 무언가를 말하고 있었지만 그게 무엇인지는 알 수 없었다.

그 당시에는 아무것도 들리지 않았고 아무것도 보이지 않았지만 조금 시간이 지나니 그 당시 상황이 차츰차츰 기억이 났다. 그건 지금 생각해 보아도 이상한 일이다. 2시간인가 3시간인지는 잘 모르겠지만, 의사들이 한두 명씩 수술실에서 나왔다. 모두 어두운 표정이었다. 마지막으로 나온 안경을 낀, 늙어 보이는 의사가 고개를 좌우로 흔들자, 앞에 나가 있던 어머니가 소리 없이 울며 주저앉았다.

　난 그 고개를 흔드는 모습이 무엇을 뜻하는지 몰라 의사에게 가서 바보같이, 아무 표정 없는 얼굴로 물어보았다.

"선생님, 제 동생은 어떻게 된 거예요? 살아 있는 거죠? 죽은 거 아니죠?"

　의사는 내 표정을 보고 순간 흠칫 놀라며 뒷걸음질 치더니 곧 헛기침을 내뱉곤 조심스럽게 말했다.

"저… 그 민서라는 아이는… 그러니까… 저기 하늘로 잘 갔어."

"죽었다는 말이죠?"

　난 이때보다 더 어려서부터 거짓말을 할 줄 몰랐다. 즉, 생각을 거치지 않고 하고자 하는 말을 막 내뱉는다는 소리다. 이래서 많은 어른들과 친구들이 당황하는 모습을 많이 보았었다. 의사는 이번에도 역시 당황한 표정으로 날 보았다.

"그, 그렇지. 미안하다…!"

나는 동생이 죽었다는 사실을 확인받은 그 순간부터 굳어 버렸다. 귀에서는 아주 크고 소름 끼치는 이명이 들려왔다. 그 소리는 아마 대문에서 나는 소름 끼치는 그 소음이었던 거 같다. 귀가 찢어질 듯 이명이 끊임없이 더 크게, 더더욱 크게 들렸다. 결국 귀에서는 피가 흘렀고 나는 그저 수술방만을 쳐다보았다. 두 명의 의사와 간호사들이 내게 달려오는 것을 끝으로 그 이상 기억 나는 건 없었다.

눈을 떠 보니 동생이 보였다. 그리고 '나'의 모습도 보였다. 동생은 '나'를 죽였다. 칼로 온몸을 찔렀다. 왜 아픈 느낌이 나는 건지는 알 수 없었다. 분명 이것은 '꿈'일 텐데. 마지막에는 '목'이 잘렸다. 나는 아무 소리도 낼 수 없었다. 잠에서 깨어나고 싶었지만 깰 수 없었다. 꿈은 같은 장면만을 계속해서 보여 주었다. 바로 '나'의 목이 잘리는 장면을. 25번째인가를 마지막으로 나는 잠에서 깨어났다.

내가 깨어났을 때 가장 먼저 보인 것은 새하얀 천장이었다. '병원인가.' 그리고 곧 간호사가 들어왔다.

"어머, 일어났네. 다행이다. 잠깐 기다려 선생님 불러올게."

나는 고개만 살짝 끄덕였다. 곧 의사가 들어왔다.

"일어났구나, 귀는 좀 어떠니?"

"…네? 제 귀가 왜요?"

"저런… 그때 일이 잘 기억이 나질 않는 모양이구나. 그럼 날 따라와 볼래? 귀 상태에 관해서도 설명을 해 주마."

"아… 네."

자리에서 일어나려는데 다리에 힘이 들어가질 않아 그대로 앞으로 넘어져 버렸다.

"아…."

그런 날 보고 간호사들이 달려왔다.

"괜찮니? 못 일어나겠어?"

나는 작게 고개를 끄덕였다. "하긴… 3일 동안 깨어나질 못했으니…."

"…네?"

나는 깜짝 놀라 간호사를 쳐다보았다.

"3일 동안 제가 못 일어났다고요?"

간호사는 내게서 걱정스러운 시선을 떼지 못하며 말했다.

"응, 충격 때문인가 봐. 잠시만 기다려. 내가 휠체어를 가지고 올게."

"…네."

도저히 믿을 수가 없었다. 동생이 죽은 지 3일이나 지났다니. 지금 내가 이렇게 있어도 되는 건가? 하는 의문이 들었지만 움직일 수가 없으니 그저 가만히 기다렸다. 몇 분 뒤 간호사가 휠체어를 가지고 돌아왔다.

"자, 내가 앉혀 줄게. 웃샤."

간호사는 손쉽게 나를 들어올렸다.

"그럼 밀게? 선생님 진료실로 가자."

"…네."

몇 개의 문을 지났을까. 곧 좀 전의 그 의사가 있는 방에 도착했다. 간호사가 문을 열었다. 그때 아주 작고 조금이었지만 끽 하는 소리가 들렸다. 나는 황급히 두 귀를 틀어막았다. 그런 나를 본 간호사가 걱정스러운 표정으로 물었다.

"얘, 왜 그래 괜찮아?"

나는 그제야 손을 내리곤 작게 고개를 끄덕였다. 그러자 간호사가 방 안으로 나를 데리고 들어갔다. 의사는 큰 의자에 앉아 있었다. 그리고 옆에는 몇 가지의 알 수 없는 도구들과 사진들이 있었다. 내가 의사와 눈을 맞추자 그것을 기다려 왔다는 듯이 의사가 말을 시작했다.

"귀는 좀 어떠니?"

"괜찮아요."

지금 나는 거짓말을 하고 있다. 사실 전혀 괜찮지 않았다. 지금도 내 귀에서는 그날의 문소리가, 끼익거리는 그 소름 끼치는 소리가 끊임없이 들려오고 있었다. 사실은 일어났을 때부터 들려왔다. 귀가 터질 듯했지만 터지진 않았다. 괜히 이상한 아이 취급받기는 싫어서 괜찮다는 거짓말을 했다.

"그래? 자 그럼 이 사진을 좀 보렴."

나는 컴퓨터 화면에 있는 사진을 바라보았다. 아마 내 귀인 것 같았다.

"음…," 의사는 무언가 고민하는 듯하더니 내게 말했다.

"…너의 귀에는 아무런 문제가 없어. 혹시 전에도 이런 적이 있었니?"

"아뇨, 처음이에요."

의사는 이상한 표정을 지었다.

"음… 그렇다면 피는 왜 난 걸까…, 우선은 아무 문제가 없으니 퇴원해 보아도 될 것 같은데, 이게 정신적인 문제일 수도 있으니… 얘야, 혹시 정신 상담을 좀 받아보지 않을래?"

나는 곧장 대답했다.

"아뇨, 괜찮아요."

의사는 당황한 듯 보였다.

"그래…. 싫다면…."

잠시 침묵이 흐르고 의사가 나를 보며 말했다.

"그래, 그럼 이제 집에 가도 되겠구나. 이제 나가도 된다."

다음으로 간호사의 짤막한 말이 이어지고, 나는 그저 가만히 밀리는 휠체어에 기대어 앞만을 바라보았다. 그러곤 문득 생각에 잠겼다. '어머니와 아버지는 날 어떤

눈으로 보려나….'

  깊은 바닷속에 빠진 것만 같은 기분이 들었다. 그리고 맞은편에 부모님의 모습이 보였다. 나는 그들의 눈빛을 감당하기가 어려워 눈을 바닥을 향해 내리꽂았다. 심장이 쿵쿵 뛰었다. 그리고 그들의 발이 보이고 난 살며시 고개를 들어 올렸다.

  그러자 곧장 어머니와 눈이 마주쳤다. 이상하게도 심장이 더는 뛰지 않았다. 아니, 그런 느낌이 들었다. 어머니는 웃고 있었다. 마치 아무 일도 일어나지 않았다는 듯이. 평소의 어머니 그대로였다. 하지만 묘하게 그 웃음은 뒤틀려 있었다. 나만이 그 사실을 알아챌 수 있었다. 평소와 같은 사근사근한 목소리로 내게 말했다.

"민재야, 집에 가자."

  그 말에 나는 천천히 일어났다. 살짝 휘청거렸지만 언제 휠체어에 탔냐는 듯이 힘찬 걸음으로 그들에게 향했다. 간호사는 놀란 눈치였지만, 살짝 입술을 달싹이더니 이내 그들에게 작게 고개를 까닥이곤 휠체어를 끌고 병원으로 향했다.

우리는 차를 탔다. 숨 막히는 정적이 이어졌지만, 그 누구도 개의치 않아 했다. 나는 그저 눈을 감았다. 곧 집에 도착했다. 나는 빠르게 걸음을 옮겨 내 방으로 향했다. 문이 탁 소리를 내며 닫히자 구역질이 몰려왔다. 재빨리 화장실로 향했다.

우웩우욱, 먹은 게 없어 신물만이 나왔다. 꽤 많은 신물이 나왔지만 멈추지 않았다. 그만하고 싶었다. 지금 여기서 더 나온다면 정말 죽을 것 같았다. 나는 한 차례 더 속을 비우곤 입을 헹궈 화장실을 나갔다. 몸이 심하게 휘청거렸지만, 상관하지 않고 방에 들어가 작은 종이를 하나 꺼냈다. 그러곤 그 종이에 3이라는 숫자를 적고 상자에 넣어 아무도 찾지 못할 만한 곳에 넣었다. 그리고 곧 나는 쓰러지듯 잠에 빠져들었다.

꿈을 꾸었다. 동생이 날 죽이는 꿈이었다. 처음에는 너무 생생해 꿈이 아닌 줄만 알았다. 하지만 곧 꿈이라는 사실을 깨달을 수 있었다. 내 앞에 동생이 서 있었다. 동생은이 이미 죽어 버렸다는 건 내 가슴 깊은 곳에 박혀 있으니 꿈이 아닐 리가 없었다. 나는 동생의 앞에 무릎을 꿇은 채로 미안하다는 말만을 반복하고 있었고 동생은 그런 나를 그저 바라만 보고 있었다. 그리곤 갑자기 소름 끼치는 소리를 내며 웃더니 나를 향해 말했다.

"그럼 죽어, 죽고 죽고 또 죽어서 죽어 버려. 평생을 죽어, 넌 살아도 사는 게 아닌 거야. 어때? 이러면 용서해 줄게."

나는 망설임 따위 없이 고개를 끄덕였다.

"응. 알겠어, 너의 말대로 할게. 죽고 또 죽어서 나는 살아도 사는 게 아닌 거야. 내가 죽는 날까지도 나는 나를 죽이고 또 죽여서 너에게 사죄할게."

동생은 또 소름 끼치는 소리를 내며 웃더니 말했다.

"좋아. 그럼 오늘부터 잘해 봐."

동생은 그렇게 사라져 버렸다.

아니, 그건 동생이 아닐지도 모른다. 이건 꿈이니까 저건 내가 만든 허상에 불과하다는 것을 난 알고 있다. 그럼에도 나는 나를 죽였다. 그날은 내가 나를 죽인, 찌르고 비틀어 내 목을 바닥에 떨군 첫날이었다.

그 후로는 같은 일상의 반복이었다. 복사 붙여 넣기

를 한 것처럼, 매번 같은 그림이었다. 다른 점이 있다면 그것은 수업의 종류 사람들의 이야기들 같은 나와는 전혀 상관이 없는 것들뿐이었다. 뭐 그마저도 나에게는 아무런 의미가 없었지만 말이다. 오늘로부터 한 달 뒤면 동생의 기일이다. 속 깊은 곳에서 무언가가 끓어오르는 것 같았다. 속을 전부 집어삼켜 결국에는 나 또한 집어삼킬 만큼 거대했다. 나는 조용히 침대에 누워 눈을 감았다.

헉, 이른 새벽 평소와 같은 꿈을 꾸고 눈을 떴다. 이제는 익숙해질 만도 한데, 나는 여전히 두려워하고 있었다. 손이 떨리고 온몸은 식은땀으로 범벅이었다. 오늘따라 무거운 다리를 이끌고 옷장에서 수건을 꺼내 샤워를 했다. 그다음으로는 교복을 입고 학교에 갈 준비를 마친다. 아침이 올 때까지 침대 모서리 부분에 앉아 가만히, 멍하니 시간을 보냈다. 곧 부모님이 일어나시고 어머니는 밥을 하신다. 아버지는 아침을 먹지 않고 바로 회사로 출근하신다.

끼익, 대문 소리가 들리고 집에서 아버지는 사라진다.

그러면 나는 10분 정도 뒤에 아침을 먹으러 간다. 어머니는 밝은 미소로 내가 밥 먹는 것을 지켜보신다.

"잘 먹었습니다."

인사와 함께 학교에 간다.

집을 나서자 제대로 된 숨이 나왔다. 현실 감각 또한 집을 나서서야 느낄 수 있었다. 집에 있으면 그때 일이 떠올라 견딜 수 없이 괴로웠다. 아버지는 그날 이후 말수가 줄어들었고, 어머니는 나사 하나 빠진 사람 같았다. 현실을 사는 것 같지가 않았다. 나는 깊은숨을 내쉬고 걸었다. 오늘따라 유독 몸이 무겁게 느껴졌다.

'몸살인가,' 늘 이맘때가 되면 몸살이 잦았다. 학교까지는 걸어서 20분이 걸린다. 차를 타도 될 거리이지만 나는 늘 걸어서 학교에 갔다. 누군가와 함께 있는 것보다 혼자서 걷는 것이 훨씬 편했다.

교실로 들어서니 평소처럼 아무도 없었다. 나는 평소와 같이 불을 켜고 내 자리로 가 그쪽의 창문을 열고 사물함에서 교과서를 들고 와 공부하기 시작했다. 공부를 즐기는 것이 아니다. 부모님에게는 이제 나만 남았고,

성적만이 내가 부모님에게 드릴 수 있는 유일한 것이라고 생각하기 때문이었다. 물론 학교에서 달리 할 일이 없기도 했다. 곧 누군가의 발소리가 들려왔다. 이른 아침인 8시, 이 시간에 학교에 오는 학생은 매우 드문 편이라 잠시 흥미가 돋았지만 머리를 거세게 털고 다시금 공부에 집중했다.

그것도 잠시 우리 반의 문이 열리고 나는 놀랄 수밖에 없었다. 우리 반에 들어온 남자애의 키가 굉장히 크기도 했고, 또 울고 있기 때문이었다. 그 애는 눈물이고 콧물이고 몽땅 흘려 대며 서럽게도 울고 있었다. 나는 멍하니 그 애를 쳐다봤다. 한참을 가만히 서서 울던 그 애는 그제야 내 시선을 느꼈는지 아주 천천히 고개를 돌려 나를 바라봤다. 우리는 눈이 마주쳤고 똑같은 소리를 내뱉었다.

"아."

그 애는 아주 멍청한 얼굴이었다. 어쩐지 웃음이 나올 것 같았지만 필사적으로 참았다. 입술을 꾹 깨물고 다시 공부에 집중했다. 그 애는 눈물 콧물로 범벅이 된 얼굴을 커다란 두 손으로 가려 그대로 뛰쳐나갔다.

그렇게 평소와 같은 하루가 지나갔다. 아침에 온 것 그대로 교문을 나서던 나는 누군가에 의해서 멈춰지고 말았다. 나는 내 앞에 선 상대를 바라봤다. 높았다. 목이 아파 얼굴을 찡그리니 그 애가 슬며시 뒤로 몇 걸음 이동했다. 조금 전보다는 편해져 이상한 기분이 되었다. 그 기분은 이상하고, 낯설고, 하지만 가장 이상한 것은 간질거리는 심장이었다.

그런 생각을 하던 나는, 큰 소리에 다시금 앞을 바라봤다.

"저기! 너 김민재 맞지?"

나는 그 우렁찬 물음에 작게 고개를 끄덕였다.

"너! 아까… 아침에…."

말꼬리를 잔뜩 흐렸지만 알아들을 순 있었다.

나는 이번에도 작게 고개를 끄덕였다.

그 애는 얼굴이 붉게 달아올랐다. 나는 그 모습이 맛있게 익은 토마토 같다고 생각했다. 그리고 그 애의 얼굴을 자세히 보니 아주 험상궂게 생겨 붉게 달아오른 모습이 마치 악마와도 같았다.

나는 아무런 말도 하지 않는 그 애를 뒤로하고 걸음

을 옮겼다. 손목에 있는 시계를 확인해 보니 평소보다 시간이 많이 지체되어 있었다. 나는 서둘러 걸음을 재촉했다. 그때 뒤에서 들려오는 큰 소리에 우뚝 걸음을 멈췄다.

그 애였다.

"민재야! 저… 그 비밀로 해 줘! 제발…."

나는 놀란 가슴을 부여잡고 작게 고개를 끄덕였다. 나는 다시 걸음을 옮겼다. 집으로 돌아온 나는 대문을 열었다.

끼익, 아파 오는 귀를 붙잡으며 집 안으로 들어섰다. 어머니에게 인사를 드리고 방으로 들어갔다. 나는 천천히 침대에 누웠다. 그대로 잠에 들어 버렸다. 또 그 꿈을 꾸었다. 괴로웠다. 천천히 눈을 떴다.

시계를 보니 다행히 저녁 시간까지는 시간이 조금 남아 있었다. 옷을 갈아입고 세수를 하고 수건으로 몸의 식은땀을 닦았다. 작게 한숨을 내쉬었다.

"민재야, 저녁 먹으러 오렴."

그 소리에 나는 거실로 가 저녁을 먹었다. 어머니는

아침과 다를 거 없이 밝은 미소로 밥을 먹는 나를 바라보셨다.

　어머니와 아버지는 어느 때부터인가 나와는 밥을 드시지 않았다. 부모님은 아마 알고 계신 것 같다. 내가 동생을 죽였다는 것을. 그날 이후로 우리 중 그 누구도 동생의 이야기를 꺼내지 않았다. 그것은 금제였다. 절대 꺼내서도, 떠올려서도 안 되는. 나는 매일매일 속죄하고 있지만, 부모님은 어떤 마음으로 살아가는지 알 수 없었다. 그러다 문득 내뱉고야 말았다. 그 금제를.

"어머니는… 민서를 떠올린 적이 있으세요?"

　심장이 미친 듯이 뛰었다. 시간이 멈춘 것처럼 주변이 고요했다. 그 고요함이 나를 집어삼킬 듯 다가와, 나는 서둘러 자리에서 일어나 도망치듯 방으로 들어갔다. 때문에 나는 보지 못했다. 어머니의 고통으로 일그러진 표정을.

　방에 들어온 나는 열쇠를 꺼내 구석에 있는 상자를 꺼내 열고, 새 종이를 집어 들어 3130, 숫자를 적어 넣었다. 곧 쓰러지듯 잠에 빠져들었다.

꿈에서 눈을 뜬 '나'는 날카롭게 빛나는 칼로 자신의 몸을 난도질한다. 결국에는 목을 떨구고, 꿈은 끝이 났다. 나는 가만히 누워 생각에 잠겼다. 날이 갈수록 꿈의 횟수가 늘고 있다. 잠깐이라도 눈을 붙이면 어김없이 꿈이 시작된다. 오늘은 무려 3번이나 그 꿈을 꾸었다. 그 꿈을 꿀수록 내 안의 무언가가 빠져나가는 것만 같았다. 결국에는 빈껍데기만 남아 나라는 존재가 사라질 것만 같은 기분이 들었다. 아니, 그렇게 된다고 하더라도 아무런 의미가 없을 것 같다. 차라리 그렇게 되어 버리는 편이 훨씬 나을 것 같다는 생각도 들었다.

또 한 번 새벽이 찾아왔다. 나는 천천히 밝아지는 세상을 바라봤다.

"예쁘다…."

무심코 중얼거렸다. 마침내 빛이 온 세상을 덮었다. 문득 생각했다. 저 빛이 언젠가 나를 구원해 주리라.

나는 벌떡 일어나 바보 같은 생각을 떨치기 위해 화장실로 향했다. 거울에 비친 나의 얼굴은 너무도 피로

해 보였다. 눈 밑의 짙은 다크서클과 새빨간 핏줄이 선 눈, 하얗게 질린 피부까지 뭐 하나 건강해 보이는 것이 없었다. 나는 깊은 한숨을 내쉬었다. 정신을 차리려 차디찬 물로 몸을 적셨다. 찬 기운이 몸 안에 들어서자 그제야 나를 되찾은 기분이었다.

긴 샤워를 마치고 나오자 아버지가 나가시는 소리가 들려왔다. 끼익, 나는 소름 끼치는 이명이 울리는 귀를 틀어막았다.

"민재야, 아침 먹으러 오렴."

나는 이마에 흐른 식은땀을 닦으며 의아해했다.

나를 부르시는 시간이 평소보다 일렀다. 서둘러 옷을 갈아입고 나갔다. 나는 밥을 먹고, 어머니는 웃으며 그걸 지켜보신다. 다를 건 없었다. 무엇을 기대했던 것일까.

"잘 먹었습니다."

허탈한 걸음으로 집을 나섰다. 어머니는 끝까지 아무런 말을 하지 않으셨다. 나는 앞을 보고 멈칫했다. 대문이 활짝 열려 있었다.

"바람 때문인가…."

그렇게 또 한참을 걷고 교실로 들어가 불을 켰다. 그리고 내 자리 쪽의 창문을 하나 열고 교과서를 꺼내 공부를 시작했다. 한참을 공부에 열중하던 나는 잠시 밖을 보고 다시 책을 바라봤다. 이제는 다른 아이들도 오는 시간이 되었다. 조용했던 반이 곧 시끄러워졌다. 적막만이 가득했던 학교가 활기와 에너지로 가득 채워졌다. 수업이 시작하기 10분 전 어제의 그 애가 또다시 내 앞에 나타났다.

"어제는 미안!"

여전히 목소리가 컸다. 큰 소리에 자극을 받은 귀가 아파 왔다. 이명이 울리는 귀를 붙잡으며 그 애를 바라봤다.

"괜찮아."

짧게 답하고 시선을 돌렸다.

그 애는 다시 나를 불렀다. 나는 한숨을 한 번 내쉬고 그 애를 바라봤다.

"너 혹시 내 이름은 알아?"

고개를 좌우로 돌렸다.

"…그래? 이제부터 알면 되지! 나는 백성호라고 해."

나는 한숨을 내쉬며 답했다.

"그래."

그 애는 내 건조한 대답에도 굴하지 않고 밝은 표정으로 말했다.

"친하게 지내자! 너는 내 비밀도 알고 있으니까, 우리는 친구가 될 수 있을 거야!"

아주 큰 목소리였다. 어떻게 저런 큰 소리를 낼 수 있는 것인지 문득 궁금해졌다. 하지만 저 쓸데없이 밝은 표정과 귀를 울리는 큰 목소리 때문에 더 이상은 대화를 나누고 싶지 않았다. 나는 그 애에게서 시선을 떼고 말했다.

"볼일 끝났으면 가."

그러자 그 애는 자신을 보지도 않는 나를 향해 손 인사를 한 뒤 자신의 친구들에게로 돌아갔다. 슬쩍 그쪽을 바라보니 그 애의 주변으로 아이들이 가득했다. 저렇게 밝고 쾌활하니 친구가 많은 모양이었다. 나는 더 이상 신경 쓰지 않고 공부에 집중했다. 그렇게 평소와 아주 조금 다른 하루를 보내고 집으로 돌아왔다.

"다녀왔습니다."

인사와 함께 방으로 들어갔다.

옷을 갈아입고 의자에 앉자 잠이 쏟아지듯 몰려왔다. 나는 곧 쓰러지듯 잠에 빠져 들었다.

꿈을 꾸었다. 평소와 조금도 다르지 않은 꿈. 내가 나를 죽이는 꿈. 잔인하고 괴로운 꿈. 동생에게 속죄할 수 있는 유일한 공간.

꿈에서 깬 나는 내 눈에서부터 흘러내리는 눈물을, 두 손을 적시고 옷을 적시는 눈물을 정신없이 바라봤다. 나는 점점 무너져 가고 있었다. 그 꿈을 꾸면 꿀수록 내가, 내가 아니게 되고 정처 없이 망가져만 갔다. 이제는 어릴 때 이후로 흘려 본 적이 없는 눈물을 쏟아내듯 흘리고 있었다.

나는 잔뜩 망가진 얼굴로 화장실로 향했다. 샤워를 하고 서랍에서 드라이기를 꺼내 물기 가득한 눈을 말렸다. 눈이 다시 원래의 상태를 되찾을 무렵, 아버지가 나가시는 소리가 들려왔다. 곧 어머니의 말소리가 들려온다.

"민재야, 저녁 먹으렴."

나는 밥을 먹고, 어머니는 웃으며 나를 보신다. 그런데 어쩐지 오늘은 그 미소가 밝게 느껴지지 않았다.
"잘 먹었습니다."
방으로 돌아온 나는 열쇠를 꺼내 구석진 곳에 놓인 작은 상자를 꺼냈다. 새 종이를 꺼내 3131, 숫자를 적어 넣었다. 문득 이런 생각이 들었다. 이게 무슨 의미가 있을까, 하는. 나는 또 잠에 들었다.

시간은 더 없이 흘러, 동생의 기일 하루 전이 되었다. 또 같은 꿈을 꾸고 이른 새벽에 일어나 샤워를 하고 아버지가 나가시는 소리를 듣고, 어머니의 목소리까지 평소와 같았다. 나는 밥을 먹고 어머니는 지켜보신다.
"…괜찮은 거니?"
긴 적막이 어머니의 목소리에 의해 깨졌다.
어제부터 지나치게 어지럽고 머리가 아프더니 이제는 남들 눈에도 보일 지경에 이르렀나 보다. 오늘은 내 몸 상태가 다른 날과는 달랐다. 그러나 그것을 어머니에게 알리고 싶은 생각은 조금도 없었다.
"네. 잘 먹었습니다."

그대로 일어나 집을 나섰다.

학교에 걸어가며 생각에 잠겼다. 사는 게 너무도 끔찍하다. 몸은 무겁고, 또 뜨겁고, 정신을 차리고 있는 것이 신기할 지경이었다. 나는 머리를 한 번 털어 주는 것으로 생각을 멈췄다.

학교에 도착하니 그 애가 있었다. 날 보며 아는 체했지만 나는 무시했다. 그 애는 지난 몇 주간 내게 끊임없이 치근댔다. 친구가 되고 싶다느니, 자신의 이름을 불러 달라느니 그런 말들로 내 귀를 아프게 만들었다. 나는 단 한 번도 제대로 답해 주지 않았다. 나는 누구와도 친구가 될 생각이, 이름을 기억할 생각이 없었다.

"괜찮아? 아파 보이는데…."

그 애는 어느샌가 내 앞에 다가와 있었다.

나는 한 손으로 그 애를 치우며 내 자리로 갔다. 창문을 본 나는 조금 놀랐다. 열려 있었다. 내가 항상 열어 놓았던 그 창문이. 떨리는 입술을 꾹 깨물어 눌렀다. 비릿한 피 맛이 입안을 맴돌았다.

"너… 열나는 거 아니야? 얼굴이 빨개."

몸속 깊은 곳에서 무언가 요동치는 듯 울렁거렸다.

"나한테 말 걸지 마."

입 밖으로 내뱉은 공기가 뜨거웠다.

그 애는 더 이상 내게 말을 걸지 않았다. 내가 그 애의 말을 받아 주지 않은 적은 많아도 이런 식으로 말한 것은 처음이었기에 그런 것 같았다. 시야는 옅어지고 몸은 계속해서 뜨거워져만 가고, 정신을 차리기 힘들었기에 나는 그날 처음으로 조퇴를 했다. 선생님께 집에는 알리지 말아 달라 부탁했다. 선생님은 의아한 표정이셨지만 아무 말도 하지 않으시고 내 부탁을 들어주셨다. 집에 가려 가방을 챙기는데 누군가 내 앞을 가로막았다.

역시나 그 애였다. 나는 뜨거운 숨을 내뱉고 그 애를 지나쳐 걸었다. 그 순간 발이 무언가에 걸려 몸이 크게 휘청거렸다. 그 애는 큰 팔로 내 몸을 받쳐 주었다. 어쩐지 이상한 그림이 되어 나는 한숨을 내뱉으며 말했다.

"놔."

그 애는 머쓱한지 머리를 한 번 긁적이곤 나를 놔 주었다.

내 말투가 상당히 시건방졌음에도 그 애는 아주 조심

스러운 손길이었다. 나는 그 사실이 못 견디게 짜증이 나 빠른 걸음으로 교실을 빠져나갔다. 뒤에서 들려오는 중얼거림은 무시한 채로.

"…몸이 너무 뜨겁던데, 괜찮으려나…."

집으로 돌아오니 아무도 없었다. 다행이었다. 부모님의 괜한 관심은 원하지 않기에. 방으로 돌아온 나는 옷 갈아입을 생각도 하지 못한 채 침대에 누웠다. 아무 소리도 들리지 않았다. 집이 이렇게까지 조용한 것은 처음이었다. 이 시간에는 항상 이런 것일까. 나로서는 알 수 없는 일이었다. 내가 집에 있는 시간에는 항상 어머니가 계셨기에 나 혼자만 있는 지금 이 시간이 너무도 낯설었다. 곧 무거웠던 몸이 나른하게 풀리고, 잠이 몰려들며 정신이 맑아졌다. 눈이 감기고, 깊은 잠에 빠져들었다.

다시 눈을 떴을 때는 해가 모두 진 새벽이었다. 옆을 보니 물과 수건, 그리고 의자 하나가 있었다. 어머니일 것이라고 생각했다. 그렇게 몽롱한 정신을 느끼던 와중 나는 벌떡 일어났다. 입을 크게 벌리며 놀랐다. 꿈을 꾸지 않았다. 그날 이후로 처음이었다, 그 꿈을 꾸지 않은 것은. 나는 너무도 놀라 벌어진 입을 다물 생각도 하지 못했다. 침이 한 방울 떨어질 무렵 생각이 들었다.

  오늘은 동생이 죽은 지 8년이 딱 되는 날이다.

  나는 오늘도 마찬가지로 꿈에서의 '나'를 죽일 것이다. 지금까지 줄곧 그래 왔듯이 다를 건 없을 것이다. 이렇게 아픈 것은 처음이었기에, 그래서 그랬던 것일 터다. 다시 눈을 감으면 반드시 꿀 수 있을 것이다.

  그런데 이제는 점점 지쳐 갔다. 사실 동생이 자신 때문에 죽었는데 제정신으로 살아갈 수 있는 사람은 아마 없을 것이다. 그리고 매일매일 자기 자신을 죽이는데 맨정신으로 살아갈 수 있는 사람은 있을 리가 없었다. 하지만 그럼에도 나는 동생에게 사죄하기 위해, 오직 그것만을 위해 여태껏 그 행동을 해 왔고 또한 여태껏 살아 있었다. 하지만 이제는 더 버티기가 어려울 것 같았다.

  '죽고 싶다. 그만하고 싶다. 죽고 싶어. 죽고 싶어. 죽을까?'

  나는 내 **뺨**을 소리가 날 정도로 세게 쳤다. 뺨에서부터 얼얼한 감각이 올라왔지만 상관하지 않았다. 지금 내가 뺨을 치지 않았다면 당장에라도 앞에 있는 커터 칼을 집어 들었을지도 모른다. 아직 죽기는 이르다고, 내 머릿속에서 동생이 속삭이고 있었다. 갖가지 욕설들과 나를 향한 비난들이 머릿속을 가득 채웠다.

'그래. 아직 죽기는 일러. 동생에게 사죄해야지.' 그렇게 고개를 한 번 끄덕이고 평소와 같은 시각에 잠이 들었다.

꿈에서 눈을 뜬 나는 무언가 이상하다는 것을 알아차렸다. 한가운데에 서 있어야 할 '나'가 보이질 않았다. 이런 꿈은 처음이라 몹시도 당황스러웠다. 오늘 죽고 싶다는 생각을 해서일까? 꿈을 꾸지 않아서? 아니면 드디어 내가 미쳐 버린 것일까. 하지만 이러면 곤란하다. 나는 동생에게 사죄해야만 하기에, '나'를 죽이지 않으면 안 된다. 그건 너무나 당연한 것이다. 그러니, 이런 꿈은 꾸면 안 되는데, 내가 불안해하고 있는 순간 '나'의 모습이 나타났다. '나'의 모습을 본 나는 안도의 한숨을 내쉬며 '나'에게로 다가갔다. 곧 나의 손에 칼이 들렸다. 그런데 내 손에 들린 칼이 '나'에게도 생겼다.

"뭐지? 왜….”

 내가 당황해하고 있는 사이 '내'가 다가왔다. 그리고 나를 찔렀다. 하지만 '나'는 내 목을 찌르지 않고 팔을 마구 찔러 댔다. 죽이려는 의도가 전혀 담기지 않은 칼질이었다.

"이게 뭐지?"

 나는 잔뜩 굳어진 채로 '나'를 바라보았다.

 그리고 곧 나는 숨이 멎는 것 같은 느낌을 받았다. '나'의 표정이 너무나 슬퍼 보였기에, 당장이라도 크게 울어 버릴 것만 같은 얼굴을 하고 나를 바라보았기에.

"왜… 왜 저런 얼굴을 하고 있는 거야….”

 그리고 곧 나는 하나의 생각을 떠올리고는 헛웃음을 지었다. 그럴 수밖에 없었다. 너무나도 어이가 없었기에. 나는 크게 웃었다. 그 어떤 때보다도 더 크게 웃어 댔다. 나는 깨달았다.

"아… 얘는 나구나… 나였어….”

 나는 왜 몰랐을까.

 이 꿈속의 '나'는 결국에는 나라는 걸. 내가 만들어 낸

허상 따위가 아닌 진짜 나라는 것을. 머리가 환해지는 느낌이 들었다. 지금의 나는 무언의 깨달음을 얻은 듯했다. 나는 실은 알고 있었는지도 모른다. 이 모든 것들은 그저 나였고, 나는 그저 동생의 죽음을, 나의 실수를, 나의 어리석음을, 나의 잘못을 그저 고작 이런 걸로 없애 버리려 한 것이었다. 이런다 해서 변하는 것은 아무것도 없음을 내가 가장 잘 알고 있었다. 나는 그저 현실에서 계속 도망만 치고 있었던 것이다. 나는 작게 탄성을 내뱉었다.

  어째서인지 눈물이 나올 것만 같았다. 또 한편으로는 두려운 마음도 들었다. 이 사실을 깨닫게 된 것이, 이제는 도망칠 수 없다는 것이 너무나 두려웠다. 하지만 지금 도망가는 것을 멈추지 않으면, 평생을 이러고 살아야 한다는 걸 알기에 이제는 더 도망갈 수가 없었다. 이제라도 사실을 직면하게 되어 너무나 다행이라는 생각이 들었다. 그리고 곧 결심이 섰다. 진실을 마주 보고, 나의 잘못을 인정하고 더 이상 도망치지 않고 동생에게 용서를 구하겠다는.

그러자 놀랍게도 동생이 내 눈앞에 나타났다. 나는 동생의 얼굴을 보자마자 알 수 있었다. 지금 내 앞에 있는 동생은 내가 만들어 낸 '가짜 동생'이 아닌 '진짜 동생'이라는 것을 눈을 보면 알 수가 있었다. 날 바라보고 있는 이 눈동자, 그 눈동자 안에는 나를 향한 '미안함', '안타까움'이 들어 있었다. 무엇보다도 눈이 밝게 빛을 내고 있었다. 내가 만들어 낸 '가짜 동생'은 눈이 탁했다. 그날 내가 마지막으로 본 동생의 눈이었다. 나는 이것 하나만으로도 '진짜 동생'이라는 것을 알 수 있었다.

  그리고 마침내 동생의 입이 열렸다.

  "오빠… 잘했어. 잘 벗어났어. 나는 믿고 있었어. 오빠는 잘 이겨 낼 수 있을 거라고."

  그리고 동생은 약간 머뭇거리더니 곧 내게 말했다.

  "…그리고… 미안해…."

  나는 그 말에 놀라 입을 멍청하게 벌렸다. 그리고 나도 입을 열었다.

  "뭐라고…? 아니, 네가 왜 미안해라는 말을 해…. 왜 네가…."

  나는 목이 메어 와 잠시 말을 멈추곤 다시 시작했다.

"모든 게… 다 내 잘못이야. 내가 못나서 널 미워하고, 이상한 관념으로 널 바라보기나 하고… 또 널 무시하고… 너를 아껴 주지 못하고… 몸이 아픈 널 챙겨 주지 못하고. 난 너에게 좋은 오빠여야 했는데, 그러지 못해서 미안해…. 미안해 민서야…. 모든 게 내 잘못이야…. 모든 게…. 그러니까 민서야, 제발 나한테 사과하지 마."

나는 나도 모르는 사이 어느새 눈물을 흘리고 있었다. 그냥 잔잔히 눈물을 흘리는 것이 아닌 눈물과 콧물 질질 흘려 대며 잔뜩 울어 대고 있었다. 동생도 어느새 울고 있었다. 동생은 물기 가득한 목소리로 말했다.

"오빠가 날 미워하고 싫어했다는 거 나 알고 있었어. 나도 오빠를 많이 미워했어. 어쩌면 오빠가 날 미워하는 것보다도 훨씬 더 많이."

나는 이제는 뿌예진 시야가 거슬렸지만 굳이 눈물을 닦으려 하진 않았다. 동생은 그런 나를 바라보며 슬쩍 웃더니 말했다.

"나 오빠가 너무 미웠지만, 마지막에 오빠에게 했던 말은 줄곧 후회했어. 지금까지 오빠의 곁을 맴돌면서 자책하는 모습을 보는데 너무 미안했어. 나… 오빠에게 너무 무서운 말들을 내뱉었어. 모든 걸 오빠의 탓으로 넘기고 평생을 괴로워하며 살라고 말했는데, 내 진심은 그게 아니야 오빠. 나는 오빠가 나를 잊고, 그러니까 나를 완전히 잊으라는 말은 아니고, 이 일을 그저 잊고 살아갔으면 좋겠어. 나는 오빠가 행복하게, 잘 살기를 바라."

동생은 잠시 무언가를 생각하더니 이내 다시 입을 열었다.

"아, 오빠…. 그리고 나 그 약 때문에 이렇게 된 거 아니야. 물론 그 약이 아닌 다른 약이 필요했던 건 맞지만, 나 그 약 먹지 않았었어. 갑자기 악화되었던 것뿐이야…. 그러니까 오빠가 날 죽인 것이 아니야. 그러니까… 그러니까, 자책하지 말고… 그저 행복해야 해."

무척 놀랐지만, 이제 와서 중요한 것은 그것이 아니었다. 나는 목이 메어 와 아무런 말도 내뱉을 수 없었다. 그저 흐르는 눈물과 함께 고개를 끄덕일 뿐이었다. 동생의 모습은 천천히 사라져 가기 시작했다. 동생은 내게 처음이자 마지막으로 환히 웃어 주었다. 나도 또한 그 어느 때보다도 환한 미소로 동생과의 마지막 시간을 끝맺음시켰다.

 곧 나는 잠에서 깨어났고, 밝은 햇살이 내 얼굴을 비추었다. 그 일 이후 처음으로 달라진 변화였다. 평소였다면 날이 밝지도 않은 새벽에 잠에서 깨어나 다시 잠들지도 못하고 학교 갈 준비를 했을 것이었다. 나는 신기하게도 여전히 졸렸고 따듯한 햇살에 몸을 전부 맡기고 싶다는 마음마저 들었다. 아침부터 좋은 기분으로 하루를 맞이하는 것이 아주 어릴 때 이후로 처음인 것 같았다.

 나는 뻐근한 고개를 돌려 시계를 보았다. 시간은 아직 일렀고, 지금 나에게는 꼭 해야만 하는 일이 있었다. 나는 천천히 일어나 상자가 있는 곳을 향했다. 옷장 깊숙이 넣어 놓은 상자를 꺼내고 주방에 있는 라이터를 하나 챙겨 조심스레 밖을 향했다. 나는 집에서 조금 먼 곳으로 뛰듯이 걸었다. 곧 조금 외진 곳이 나왔고, 살짝 가쁜 숨을 몰아쉬며 멈춰 섰다.

 나는 망설임 하나 없이 상자에 불을 붙였다. 상자는 활활 타올랐고, 새하얀 종이는 검게 물들어 갔다. 그 모습을 바라보며 알 수 없는 기분에 휩싸였다. 그것은 아마도 내가 앞으로도 살아갈 수 있게 만들어 줄 무언가일 것이다.

  나는 마지막까지 새까만 재가 되어 날아가는 종이를 바라보았다. 마침내 모든 것이 재가 되어 사라졌다. 나는 아주 작게 웃어 보였다. 이 상자는 내게 꿈에서의 칼과 비슷한 것일지도 모른다는 조금 이상한 생각이 들었다. 나를 오랜 시간 가둬 놓은 작은 상자가 오늘에서야 사라졌다. 나는 속에서부터 뜨겁게 끓어오르는 숨을 힘겹게 삼켜 냈다.

  나는 자꾸 눈길이 가는 그곳을 뒤로한 채로 집을 향해 갔다. 대문은 끼익 소리를 내며 열렸고, 나는 여전히 그 소리가 두려웠지만 더 이상 괴로운 감정은 없었다. 어쩐지 얼굴에 미소가 지어진 것 같았다. 그것이 착각인지 아닌지는 알 수 없었으나, 단지 그런 기분이 들었다.

  집에 다시 들어온 나는 놀랄 수밖에 없었다. 어머니가 나를 보며 눈물을 흘리고 계셨다. 나는 영문을 몰라 그저 끝도 없는 눈물을 흘리고 계시는 어머니를 바라보다 문득 생각했다. 어머니도 무언가를 깨달으신 게 아닐까 하는. 나는 천천히 어머니에게로 다가갔다. 그리고 말했다 "…엄마." 그날 이후로 단 한 번도 쓰지 않은 호칭이었다. 곧 엄마의 표정이 일그러졌다.

"…우리 아들…." 나도 천천히 뜨거운 눈물을 한 방울, 한 방울 흘렸다. 엄마의 저 뒤를 바라본 나는 조금 놀랐지만, 웃음을 지을 수밖에 없었다. 아버지가, 그 무감하던 아버지가 울고 계셨다. 어린 소녀처럼 가지런히 두 손을 얼굴에 포갠 채로 말이다. 우리 셋은 모두 눈이 퉁퉁 부은 채로 아침을 먹었다. 역시 이것도 그날 이후로 처음이었다. 아니, 그날 전에도 아버지가 함께 드시는 일은 손에 꼽을 정도였다. 나는 먹먹한 목소리로 말했다.

"엄마, 저 한 그릇 더 주세요."

엄마는 잠시 놀란 표정이었지만 곧 웃으시며 밥을 푸러 가셨다. 그때 한 중얼거림이 들려왔다.

"…엄마…."

아버지였다. 나는 입술을 비집고 나오려는 웃음을 참으며 말했다.

"…아빠."

사실 아빠는 늘 내게 무뚝뚝하고 어려워 아빠라는 호칭을 쓰지 않았었지만 지금은, 적어도 지금만큼은 용기가 났다. 아빠의 눈이 튀어나올 것처럼 커져 이번만큼은 웃음을 참을 수가 없었다.

"하하하!"

아빠는 그런 날 보며 작게 웃었다. 그 어느 때보다도 평화로운 아침이었다.

평소보다 조금 늦게 등교를 하고 있는 지금의 나는 그 어느 때보다도 긴장하고 있었다. 난생처음으로 버스를 타고 있었다. 의자는 사람들로 꽉 차 자리가 없었고, 손잡이를 잡으니 무척이나 흔들려 중심을 잡을 수가 없었다. 이리저리 치여 기진맥진해질 무렵, 학교 앞 정류장에 도착했다. 내려야 하는데 사람들이 앞을 막고 있어 내릴 수가 없었다. 그때 우리 학교 교복을 입은 남학생이 나를 끌고 내려 줬다. 나는 숨을 고르며 나를 구해 준 상대를 바라봤다.

"…예쁘다."

무심코 뱉어 버렸다. 하지만 진심이었다. 우유처럼 맑고 흰 피부에, 눈은 다람쥐처럼 크고 반짝였으며 코는 작지만 날카롭고 콧대가 높아 누군가 빚어 놓은 것처럼 반듯했다. 입술은 붉은 앵두 그 자체였고, 얼굴선은 여리지만 분명해 보기 좋았다. 키도 크고 말라서 모델 일은 하면 좋겠다는 생각도 했다. 무엇보다 전체적으로 그저 아름다웠다. 나는 멍하니 나를 구해 준 사람을 바라보다가 정신을 차리고 걸음을 옮겼다.

"저… 저기!"

그 부름에 나는 잠시 걸음을 멈춰 말했다.

"구해 줘서 고마워."

다시 걸음을 옮기는데 또다시 목소리가 들려왔다. 문득 깨달은 것이지만, 목소리도 아름다웠다.

"난 류다하야! 잘 지내 보자!"

주변에 소음에 묻혀 이름이 잘 들리지 않았지만 나는 그저 걸었다. 교실로 들어온 나는 곧장 그 애에게로 다가갔다. 내가 다가가니 주변에 아이들이 놀란 얼굴을 하며 길을 비켜 주었다. 그 애는 아주 많이 놀란 표정이었다.

"저기…."

내가 말하니 잠시 당황하여 아무런 말도 하지 않더니 자신을 가만히 보는 나를 보고선 입을 열었다.

"무… 무슨 일이야?"

아주 비장한 얼굴이었다. 나는 괜스레 나오려는 웃음을 참은 채 말했다.

"너 말이야…. 이름이 뭐였지?"

그 애의 표정은, 장담하건대 내가 그동안 본 수많은 사람들 표정 중에서 가장 멍청한 얼굴이었을 것이다. 나는 참지 못하고 웃음을 터트리며 다시 말했다.

"하하! 이름, 말해 줘."

그 애는 멍하니 내가 웃는 것을 보더니 천천히 입을 열어, 나는 처음 듣는 작은 목소리로 답했다.

"…백성호…."

나는 작게 웃으며 되뇌었다.

"백성호… 성호… 그래, 어제는 고마웠어. 교실에서 넘어지는 바보가 되는 걸 막아 줘서. 그리고 그동안은 미안했어. 널 계속 무시한 것…. 그래도 이제 와서 이러는 게 싫을 수 있겠지만, 나랑 친구가 되어 줄래?"

순간 적막이 이어졌다. 어느 순간부터 모여들기 시작한 아이들이 적막을 깨고 옆에서 수군댔다.

"나… 쟤가 저렇게 말 많이 하는 거 처음 봐…."

한 명이 입을 열자 다른 아이들도 그것이 신호라도 되는 것 마냥 입을 떼기 시작했고, 금세 소란스러워졌다.

"나… 나도!"

"야, 너 쟤랑 말해 본 적 있냐?"

"당연히 없지…. 너는?"

"나는… 딱 한 번! 내가 문 앞에서 옆 반 애랑 떠들고 있었는데, '비켜' 이랬었거든…. 나 그날 진짜 무서웠다…."

"…그게 말한 거냐?"

나는 주변의 소란은 신경 쓰지도 않고 그저 백성호를 바라봤다. 백성호는 나를 한참을 바라보더니 입을 열었다.

"…당연하지…. 나는 너랑 쭉 친해지고 싶었다고…."

나는 그 말에 밝게 웃으며 말했다.

"고마워! 네가 내 첫 친구야."

그 말을 하고 나는 내 자리로 돌아갔다. 백성호는 여

전히 멍청한 표정이었고, 왜인지 다른 아이들도 같은 표정을 하고 있었다. 곧 종이 쳤고 선생님께서 들어오셨다.

"너네들 왜 다 여기 몰려들었어? 빨리 안 돌아가들!"

그제야 정신을 차렸는지 몰려 있던 아이들이 서둘러 돌아갔다. 모든 수업이 끝나고 교실을 나서던 때, 누군가 내 앞을 또 막아섰다. 아침에 날 구해 준 예쁜 애였다.

"안녕? 나 기억해? 류다하야!"

아까는 잘 듣지 못했었는데 이름이 참 예뻤다.

"기억해. 류다하."

류다하는 굉장히 기쁜 표정이었다.

"저기… 너 친구 하나 더 만들 생각 없어?"

나는 잠시 생각한 뒤 답했다.

"…나랑 친구 하고 싶어?"

류다하는 아주 크게 고개를 끄덕였다. 크게 반짝이는 두 눈을 바라보며 생각했다. 그동안 나는 내게 친구 같은 건 생겨선 안 된다고 생각했었다. 그래서 내게 다가오는 많은 아이들을 그저 무시하고, 때로는 상처를 주기도 했었다. 그럼에도 백성호나, 류다하는 성격도, 마음도 전부 별로인 것투성이인 내게 다가와 주고 친구가 되고 싶다 말해 주었다. 이 아이들 말고도, 아까 아침의 일을 떠올려 봤을 때 다른 아이들의 눈이, 나를 보는 그 눈이 호기심으로 가득 차 있었다.

나는 내가 불운한 사람이라고 생각했었다. 하지만 지금 와서 보니, 나는 굉장히, 너무나도 행운이 가득한 사람이었다. 나는 작게 웃으며 말했다.

"고마워, 나 같은 애랑 친구가 되고 싶다 해 줘서."

류다하는 맑은 미소를 지으며 말했다.

"너는 말이야, 김민재 너는 사람을 끌어당기는 무언가 있어."

잠시 말을 멈추고 무엇을 한참을 생각하더니 이내 다시 입을 열었다.

"너는 아마 얼마 지나지 않아, 이 학교에서 가장 인싸가 되어 있을 거야!"

나는 그 미소에 마주 웃으며 말했다.

"근데, 인싸가 뭐야?"

류다하는 잠시 멈칫하더니 크게 웃었다. 재밌는 웃음소리에 나 또한 즐거워졌다.

집으로 돌아가니 엄마와 아빠가 함께 계셨다. 두 분은 아직 어색해 보이지만 꽤나 행복해 보이셨다. 우리 집은, 가족은 더없이 행복해졌다. 다 함께 식탁에 앉아 밥을 먹었고, 얼굴을 마주 보며 일상적인 대화를 나눴다. 적막하기만 했던, 지루하기만 했던, 그날의 악몽이 끔찍하게 떠오르곤 했던 집이 활기를 띠고, 따뜻해졌다. 괴로운 기억을 행복한 기억들이 뒤덮어 주었다. 따분하기만 했던 학교는 아주 즐거운 장소가 되었다. 백성호와 류다하가 내 절친한 친구가 되었고, 그 밖에도 많은 친구들이 생겼다. 류다하가 말했던 인싸의 뜻을 알게 되었고, 그 일화는 오랫동안 내 놀림거리가 되었다. 수업이 즐거웠고, 친구들과 노는 게 즐거웠다. 나는 그 누구보다도 웃음이 많은 사람이 되었다. 어디를 가든 누군가 나를 반겨 주었다. 나는 그 악몽에서 벗어나 행복한 꿈을 꾸는 사람이 되었다. 동생의 기일이 와도, 그저 평소와 같이 웃으며 꽃 한 송이를 전한다. 그리고 매번 이렇게 말한다.

"덕분에 행복해, 민서야. 너도 그곳에서 행복하길."

작가의 말

✏️ 신지유

 책을 출판한다는 말에 정말 설레었는데 막상 글을 쓰고, 준비 과정을 겪으니 꽤 힘들었던 것 같습니다. 제 시는 계절마다 제가 느끼는 것들을 적어 놓은 글입니다. 특히 제가 좋아하는 겨울은 더 자세히 다루고 있으니, 겨울을 좋아하시는 분이시라면 제 글을 충분히 즐기실 수 있을 거라 믿고 있습니다! 처음이라 서툴지만, 노력으로 만들어진 결과물이니 가벼운 마음으로 읽어 주시면 감사하겠습니다.

이예린

   인생 처음으로 내 글을 출판한다는 생각에 가슴이 설렙니다. 처음이라 많이 부족하고 어설픈 부분이 존재할 것이라고 생각합니다. 그럼에도 불구하고 매번 칭찬을 아끼지 않는 선생님과 부원들에게 고마운 마음을 돌립니다. 아무래도 출판이 처음이다 보니 조금 부담이 되기도 했습니다. 하지만 최선을 다했고 결과에 만족합니다. 제 글이 여름에는 더위를 날리는 시원한 바람이 되고 겨울에는 추위를 날리는 따뜻한 온기가 되면 좋겠습니다. 규장각에서 쓴 제 첫 글 예쁘게 바라봐 주시면 감사하겠습니다.

김보민

 안녕하세요. 〈나 정도 가지고〉를 쓴 김보민입니다. 글이라고 하기 민망한 길이의 글이어서 작가의 말을 쓰면서도 머뭇거리게 되네요. 하지만 작년보다 기분은 만족스럽습니다. 이번 연도엔 작년의 경험 때문인지 더 좋은 글을 쓰고 싶어 많은 시도를 했습니다. 하지만 여러 개 글을 써도 써도 결국 끝을 매듭짓지 못했습니다. 이런 상황이 반복되던 와중, 갑작스럽게 파주의 오래된 서점의 사장 두 분과 나눴던 대화가 생각났습니다.

 "자신을 잘 알고 있는 것이 제일 중요하다."

 '과연 나는 날 잘 알고 있는가. 한 가지는 잘 알겠다….'라는 생각이 들었습니다. 요즘 항상 뒤처지는 기분을 느낀다는 것. 이 기분을 깨닫고 나니 출처를 알 수 없는 기준에 벗어나고 싶었습니다. 분명 나만이 느끼는 기분이 아님을 알고 있기 때문에 더더욱 그랬습니다. 그렇게 해서 써진 글은 〈나 정도 가지고〉였습니다. 모든 사람이 별것도 아닌 일에 유난을 떨어도 이상하지 않은 사회였으면 좋겠습니다. 감사합니다.

🖊 **최사랑**

 '규장각'이라는 동아리를 들어오고 나서 책을 쓴다는 사실에 조금의 걱정과 잔뜩 부푼 기대감을 안고 글을 쓰려고 했습니다. 하지만 막상 글을 써 보려고 하니 쓰면 쓸수록 산으로 가고 너무 뻔한 스토리를 쓰고 있는 자신을 발견하고 점점 포기를 하고 싶을 때쯤 동아리 부원들과 선생님께서 가장 힘이 되어 주었고, 스토리 구성을 하고 있는 제게 다가와 "글 쓰면 꼭 나 보여 줘!"라고 말하던 친구들이 점점 떨어져 가던 제 자신감을 잡아 주었던 것 같습니다. 제가 쓴 글은 주인공들의 대화문이 없고 주인공들의 행동과 마음속 감정들이 나옵니다. 이런 형식으로 쓴 이유는 그저 대화를 읽는 것이 아닌 책을 읽으며 독자 여러분들의 상상력을 자극하고 친구 혹은 지인들과 함께 이야기를 나누었으면 하는 바람으로 글을 써 보았습니다. 혼자 간직하는 것이 아닌 정식으로 글을 써서 출판하는 일은 처음이라 글 내용도 뻔하고, 두서없이 말하는 부분이 있을지라도 웃으며 읽어 주시길 바랍니다!

전성재

  관인고등학교에 재학하고 규장각 동아리에 들어와 처음으로 글을 써 보게 되었습니다. 글을 써 본 적이 없어서 처음에는 뭐부터 시작을 해야 할까라는 고민이 정말 많았습니다. 써 보고 다시 지우고 정말 많은 고민을 하며 이 글을 썼습니다. 어떤 소재를 통해 담고, 하는 내용들을 쓸 수 있는지에 대한 고민도 많이 했습니다.

  제가 살아가면서 출판되는 책에 저의 글이 담길 것이라고 생각도 못 해 봤는데 이렇게 글을 써 보니까 정말 좋은 경험이라고 생각합니다. 글을 쓰면서 서툴렀던 부분들을 선생님 그리고 동아리 친구들과 선배들께 배워가며 앞으로 나아간 것에 뿌듯함을 느끼고 있습니다. 글을 못 썼다 생각하실 수 있고 부족한 부분들도 많지만 예쁘게 봐 주셨으면 좋겠습니다.

박신비

안녕하세요. 박신비입니다. 〈소망〉은 우연히 소망이라는 단어에 "어떤 일을 바람. 또는 그 바라는 것.", "사라져 없어짐."이라는 두 가지 뜻이 있다는 것을 알게 되어 '규장각' 동아리에서 쓰게 된 글입니다. 처음 글을 쓸 때는 어떻게 써야 할지도 잘 몰랐고, 주제를 정하지 못하는 등등 시행착오가 많았지만, 다 쓰고 보니 서툴지만 너무나도 소중한 저의 첫 글이 되었습니다. 처음 써 보는 글이기 때문에 서툰 부분이 있더라도 재미있게 봐 주시면 감사하겠습니다. 저는 여러분이 이 글을 읽으며 글에 등장하는 인물들의 소망과 인물들이 제각각 소망을 이루고 사라지는 모습에 초점을 맞추셨으면 합니다. 읽은 후에는 지옥의 상담사 늘봄과 저승사자 한울이 여러분 곁에 존재한다고 마음속에 생각하며, 힘든 일상 속에서 여러분의 소망을 찾아가시길 희망합니다.

김가빈

 저는 벌써 19살이 되었고, 규장각에서 세 번째 글을 썼습니다. 더 어려서부터 글을 써 왔지만 남에게 보여지는 글을 쓰는 것은 처음이라 두려운 마음과 설레는 마음으로 1학년 때 제 인생에서 첫 소설을 완성했습니다. 서투른 부분도 너무 많고 초짜가 썼다는 느낌이 강했지만, 내용도 등장인물도 전부 제가 가장 좋아합니다. 12살 때 판타지 소설에 반해 '소설 작가'라는 꿈을 꾸게 되었습니다. 제가 처음 쓴 소설 역시 판타지 장르의 소설입니다. 아마 가장 즐기면서 썼던 소설 같습니다. 주변에 반응도 생각보다 좋아서 꿈이 한층 더 부풀어 올랐던 것 같습니다. 2학년 때 쓴 소설은 사실 그리 만족스럽지는 않았습니다. 즐기면서 쓰지 못한 게 가장 컸던 것 같습니다. 그때 아마 생각했던 것 같습니다. 내가 소설 작가로 성공하는 일은 아마 없을 것이라고. 그 후부터 글쓰기는 취미로 해야겠다는 생각을 했습니다. 그렇게 생각하니 오히려 더 잘 써졌던 것 같습니다. 그래서 마지막 소설은 정말 완성도 있게 만들어 보자는 마음을 가지고서 썼던 것 같습니다.

 3학년 때 쓴 소설은 지난 2년을 포함해서 가장 잘 쓴 것 같습니다. 겨울 방학 때부터 쓰기 시작해 약 1년간 많은 생각을 하며 써 보았습니다. 고등학생으로서 마지막 소설이라 많은 감정이 들었습니다. 후련하기도 하고, 사실 아쉬운 마음이 가장 컸습니다. 시간을 더 투자했다면, 더 열심히 썼다면 그랬다면 더 좋은 글을 쓸 수 있었다는 그런 아쉬움이 들었습니다. 다음에 또 기회가 주어진다면 더 잘해 봐야지, 하는 마음으로 아쉬움을 날려 보냈습니다. 3년간 규장각이라는 동아리에서 글을 써 오며, 출간도 하고 정말 많은 경험을 했고 또한 배웠고 성장했습니다. 그런 저의 마지막 소설을 부디 재밌게 읽어 주시길 바라겠습니다.